春は始まりのうた

マイ・ディア・ポリスマン

小路幸也

JN075997

祥伝社文庫

一　宇田巡《うためぐる》　巡査

〈東楽観寺前交番《ひがしらつかんじまえ》〉の入口脇にはコカ・コーラの真っ赤な木製のベンチがある。

元々の赤色のペンキは全部剝《は》げ落ちて何度も塗り替えているので、コカ・コーラオリジナルの木製ベンチなのかどうかの証明はできないんだけど、行成《ゆきなり》は間違いなくあのロゴがあったのを覚えているって言ってる。

「そもそも何でコカ・コーラのベンチをここに置こうって思ったもんだかな」

三月十一日土曜日のお昼。

昨日の夜に降った雨が空気をきれいにしたみたいに、気持ち良く晴れ上がった青空の下。その青より濃い藍色の、おろしたばかりの作務衣《さむえ》を着た行成がベンチを雑巾《ぞうきん》で丁寧《ていねい》に拭《ふ》きながら言った。

その脇で黙って立番《りつばん》をしていると『お巡《まわ》りさんは副住職さんが一生懸命お掃除をしているのに手伝わないのね』なんて通行人の皆さんに思われかねないので、僕も一緒になって丁寧にベンチを磨《みが》き上げている。

「いや、そもそも何で今頃ベンチの掃除を始めるんだよ」

　行成の一日はお勤めから始まる。

〈東楽観寺〉境内《けいだい》の掃《は》き掃除からだ。家の周りの掃き掃除なんてしたことない人がほとんどだろうけど、実は細かい砂埃《すなぼこり》やらいろんなものが一日のうちに溜《た》まっていく。僕も行成に付き合って掃き掃除をしたことがあるけれど、本当にびっくりするぐらいの砂埃やいろんなものが集められるんだ。

〈東楽観寺前交番〉はお寺の入口のすぐ脇にあるから、当然のように行成は交番の周りも掃除していくんだけど、毎日毎朝砂埃がこんもりと溜まっていく。それだけベンチの上にも砂埃はあるってことはわかるけれど。

「よく歌なんかにあるじゃないか」

「何が」

「ずっと僕たちの日々を見つめてきたよー、とか、なんとか、とか」

　少し考えて言いたいことは理解できた。

「あるね。それがこのベンチだって話？」

「そう」

「誰の日々を見つめてきたって？」

「そりゃあ、お前」

行成が雑巾をバケツの中に放り込んだ。

「あの子たちだろ」

あの子たち。

「あおいちゃんと杏菜《あんな》ちゃんのこと？」

「その通り」

うむ、と、行成はきれいになったベンチを見て満足そうに頷《うなず》いて、それから空を見上げた。

「彼女たちは帰り道や休日によく二人でここに座って、アイスクリーム食べたりお喋《しゃべ》りしたりしていたよな？」

「そうだね」

交番の前に置いてあるベンチは公共のものだ。そこに誰が座ろうと何をしようと、公序《こうじょ》良俗《りょうぞく》に反しなければオッケーだ。交番詰めの警察官はただそれを見守るだけ。

あおいちゃんと杏菜ちゃんが二人揃《そろ》ってそこにいるのは、もういつもの、毎日のあたりまえの光景になっていた。きっと絵心のある人なら、その様子は絵になるから、描きたくなるんじゃないかといつも思っていた。

「天気は快晴。まさに彼女たちのこれから始まる新しい人生を祝福するような卒業式日和《びより》じゃないか！」

それは確かにそうだけれども。

「その彼女たちの新しい門出の日に、こうして彼女たちが座るベンチを磨き上げてお祝いしてあげるんだよ」

「行成」

「何だ」

「お前、杏菜ちゃんと付き合い出してからキャラ変わったよな」

「そうか？」

そうだよ。

「二十七にもなったお寺の跡取り息子が、女子高生の卒業式に何をそんなに浮かれているんだ」

「もう」

行成が腕時計をちらっと見た。そのG－SHOCKは杏菜ちゃんがお前の誕生日にプレゼントしてくれたものだ。お年玉を貯めたお金とパン屋さんのアルバイトをして。本当に杏菜ちゃんは良い子だと思う。

「彼女たちはもう女子高生じゃないぜ」

僕も自分の腕時計を見た。これは自分の初めての給料で買ったものだ。確かにもう十二時を回っている。

彼女たちの卒業式は終わった頃だ。あと一時間か二時間で彼女たちは学舎に別れを告げて、卒業証書が入った筒を抱え〈東楽観寺商店街〉を小走りにまっすぐ進んで交番にやってきて、このベンチに座るんじゃないか。

行成がニヤリと笑って、バケツを持った。

「俺が浮かれているのは、ようやくお前とあおいちゃんが堂々と付き合える日がやってきたのが嬉《うれ》しいからだよ。この友情に涙しろ」

「勤務中に泣けないよ」

笑いながら、後でな、と手を上げて行成が境内を歩いていった。苦笑いして手を振って、一応また交番の前で立番の姿勢を取った。

〈東楽観寺前交番〉では立番しなきゃならない規定はない。でも、真正面に見える〈東楽観寺商店街〉を行き交う人たちをこうして眺めているのは、楽しんじゃいけないけど、楽しい。その光景は町の人たちが何事もなく普段の生活を送れている証拠だ。それは、僕たち地域課の警察官が何より大事にしなきゃならないものだ。

ここに配属されて二回目の春。

いや、配属された年の春を入れると、三回目か。

〈東楽観寺〉の境内に桜の木があればもう少ししたら桜色に染まる景色を眺められたんだろうけど、生憎《あいにく》と一本もない。商店街の向こうにある小さな公園の桜の木が、ここから見える唯一の桜だ。

「いつもの春なんですが」

西山《にしやま》さんの声が聞こえた。ゆっくりと中から出てきて交番の入口に立ってニコニコしている。

「いつでも春という季節は格別だと思うよ」

「そう思いますか」

うん、と頷いた。

「新しい制服やスーツや、そういうものが街に溢《あふ》れ出すのが手に取るようにわかるから
ね。たとえこちらが毎年変わらない暮らしをしていても、どこか心が沸き立ってくるよ」

そういうものかもしれない。僕も、私服刑事ではなくなって警察官の制服を着てから三
回目の春になるわけだ。

「ところで、宇田《うた》巡査」

「はい」

西山さんが、にっこり笑ったかと思うといきなりお腹《なか》を拳で突いた。

「え？」

びっくりして腰を引いた。

「卒業したら、あおいちゃんと手を繋《つな》ごうが腕を組もうが自由だけど、彼女が未成年だっ

てことは忘れないようにね」

「了解しております」

今まで、彼女と付き合っている、なんて公言はしていない。けれども、高校を卒業したら堂々とデートすると約束はしている。

何せ彼女は、楢島《ならしま》あおいは高三のときにマンガ家という職業を手にして、今日からは自分でお金を稼いでいる社会人になるのだから。

同じ社会人同士なんだから、デートする分には社会的にも道義的にも何の問題もない。

西山さんと二人で交番の中に戻ろうとしたときに、西山さんがおや、と声を上げた。

「市川《いちかわ》の公太《こうた》くんだね」

「公太？」

振り返ると、確かに公太が向こうからこっちへ向かって歩いてくるのが見えた。僕の姿も向こうから確認したんだろう。軽く手をこっちへ向かって上げた。

七三に整えた髪の毛にグレーの細身のスーツ。カバンも持っているからどこか取引先へ向かう途中だろうかと思ったけれど、いや、と、思い直した。

表情が、妙に暗い。

「よっす」

声が聞こえる距離になってすぐにそう掛けてきた声にも力がない。公太は良い意味でも悪い意味でもいつもある種の元気オーラを身体《からだ》中から漂《ただよ》わせているのに、それがまったくない。

「おはよう」

応《こた》えると、僕と西山さんを見て、公太が溜息《ためいき》をついた。

「仕事か？」

「具合でも悪いのかい？」

西山さんと二人で交互にそう言うと、いや、と、公太は首を横に振った。

「中に入っていいか？」

交番を指差してから、ものすごく微妙な顔をした。

「被害届、のようなものを出しに来たんだけどよ」

「被害届ぇ？」

西山さんと二人で顔を見合わせてしまった。

「俺さ、わかってると思うけど、まともな人間なんだよな」

パイプ椅子《いす》に座った公太にお茶を出してあげると、サンキュ、と言って一口飲んでからそう続けた。思わず、まともかな？　と一瞬考えてしまったけど、まあもと言えば充分にまともだ。

ここに配属された年に、小学校以来の再会をしたときの公太を考えれば、今は本当にまともな、いや立派な一社会人だ。

一社会人どころか、司法試験の勉強をしながらも、売れっ子ミュージシャンへの道を一歩踏み出した弟の泰造《たいぞう》くんのために個人音楽事務所を立ち上げて、社長としてマネージメントを一手に引き受けているんだ。

努力している。今日のスーツ姿だって、どこかへ事務所社長として打ち合わせにでも行く途中なんだろう。

奥さんと子供のために一生懸命働くお父さんでもある。

「どこからどう見ても、今の君はまともな人間だよ」

西山さんが微笑《ほほえ》みながら頷いてそう言った。

「いやそういう意味じゃないんすよ西山さん」

公太が言って、僕を見た。

「宇田よ」

「うん」

「お前、幽霊とか妖怪とか化け物とかの存在を信じるか？」

「え？」

幽霊とか妖怪とか化け物？

「俺はさ、今までそういうものを見たとかいう話はさ、ネタとしてはそれなりに楽しむけど、実際に見たんだとか霊能力があるんだと言い出す奴はまともな奴じゃないって思ってたんだ」

そうか、と、頷くしかない。

「僕は見たことないから、何とも言えないけどね」

警察官はおおむね幽霊や妖怪よりも人間がいちばん怖いと思っている人種だ。それはもう本当に。

「俺さ」

公太の眼がマジだった。

「昨日、幽霊だか妖怪だか化け物に会っちまったんだ」

また西山さんと二人で顔を見合わせた。

「いやわかってるって。勤務中のお巡りさんにそんな与太話《よたばなし》をしに来たんなら帰れってな。仕事帰りに飲み屋で聞いてやるとか言うんだろ」

「公太」

僕を見た。

「それはひょっとして、幽霊だか化け物だか妖怪に出会ってしまってそこから逃げ出したんだけど、荷物をその場に落としてなくしてしまったから、被害届を出しに来たって話なのかい？」

　公太が背筋を伸ばした。

「よくわかったな？　何でだ？」

　これは。

「西山さん」

「うん」

　二人で顔を顰《しか》めてしまった。洒落《しゃれ》にならなくなってきたかもしれない。

「三件目なんだ」

「三件目？」

「幽霊とか妖怪とか化け物に出会ってしまったっていう届がね」

　この十日間で、三件目。

「マジでか」

「マジだ」

　出来事は、二件同じようなものが続いても偶然ということも考えられるし、経験上その可能性の方が大きい。でも、三件も同じような出来事が続くと、これは偶然では片づけられない。

　西山さんがボールペンを持って、ノートを広げた。正式な届じゃなくて、交番にやってきた人の話を聞きとるためのメモだ。

「公太くん。詳《くわ》しく話してごらん」

西山さんに言われて公太が大きく頷いて、また一口お茶を飲んだ。

「昨日の夜だ」

「できるだけ時間は正確に」

「夜の十一時三十分過ぎだった」

東京で取引先の会社に行き、仕事を終わらせてそのまま飲みに行ったと公太は続けた。

「新宿《しんじゅく》でな。可愛《かわい》い姉ちゃんのいるところでさ」

「そこの店は話に関係あるの？」

「いやない」

「なかったら飛ばしていいよ。あと、そういうことやってるとまた美春《みはる》さんとケンカになるよ」

「ちょっとだよ。ちょっとの気晴らし」

本当にちょっとの気晴らしだったらしくて、電車に乗ったのは十時前って続けた。そしてこっちに帰ってきて、酔いざましに歩いて家まで帰ろうとした。駅から公太の住んでいる〈飯島《いいじま》団地〉までは歩くと三十分以上掛かるけど。

「昨日はいい陽気の夜だったよね」

「そうなのさ。夜桜にはまだ早いけど、春の気配を感じながらのんびりと歩くかってさ」

本当にのんびりと歩いて帰っていたらしい。

「で、高架下《こうかした》を抜けて行こうとしたんだよ」

「高架下か」

〈飯島団地〉へ向かう途中の高架下は、街灯《がいとう》も何もなくて昼なお暗いって感じのところだ。夜は本当に真っ暗で、若い女性に限らず歩かない方がいい場所のひとつ。ガラの悪い奴らやあぶない連中がたむろしていたりするから、僕たちも必ず一日一回はパトロールしている。環境が悪くなるので行政の方にきちんと整備をしてほしいと署から進言はしているけれど、少なくとも僕が来てからもきれいになったことは一度もない。

でも、公太が歩く分には、平気だ。何せ元々はそのガラの悪い奴らやあぶない連中とは顔なじみになるような商売だったんだから。

「そしたらさ、そこに出たんだよ」

嫌そうな顔をして言った。

「化け物が？」

「そう」

「どんな姿だったんだ。お前、絵が得意だし例の記憶能力ではっきり思い出せるよね。描いてみて」

おう、と言って渡された鉛筆を持ってノートに描き始めた。

公太と泰造の市川兄弟は、記憶力に関しては人より優れたものを持っている。自分の視野に入っていたものなら、その時点でははっきりと自覚しながら見ていなくても、後からビデオを巻き戻して再生するみたいに思い出せるんだ。

もっとも公太の場合は、その記憶保持時間は泰造くんよりもかなり短いらしいんだけど。

「びっくりしてさ、そして何でだかはっきりとはしなかったんだよ。とにかく、白かった」

「その白っていうのは、身体の色ってこと?」

「身体だか何だかもはっきりしないんだ。高さは、高架の天井に届きそうだったから三メートル近いか。白い、なんかよくわかんねぇ獣《けもの》のような姿なんだけど、その真ん中は血が噴き出してるみてぇに赤くてよ。あと、足がなかったようにも見えた」

こんなんだ、と、公太が描いた絵は確かに獣のような、でも妖怪のような、とにかく形容しがたいもの。あえて似たものを探すと、ゲームに出てくるサボテンの化け物のような感じか。

「こいつが、音もなくすーっ、と現れて動きやがるんだよ。もう何がなんだかわかんなくて驚いてさ、手に持ってた荷物も放り出して逃げてさ。とにかく無我夢中で走って松宮《まつみや》通りから家に向かって走ったけど、途中でようやく落ち着いてさ。何だったんだありゃあってんで戻ったんだよ」

「それで、そいつはもう消えていた」

「そう」

「荷物も、なかった？」

「その通り」

「荷物は何だったんだい？」

西山さんが訊いた。

「CDなんすよ。泰造の」

「泰造くんの？　新譜？」

「そうだ」

新しい四曲入りのミニアルバムだそうで、見本盤が上がってきたのでそれを引き取ってきて、これから関係各方面へ郵送をする予定だったと。

「それを入れた紙袋が消えていたんだね？」

「そう」

「カバンは？」

「持って逃げたので平気だ」

ひょい、と足下に置いていたカバンを手にして上げた。西山さんと、むぅ、と二人で考え込んでしまった。

「ほぼ、同じ状況ですね」

「そうだね」

「俺と同じものを見た奴が他に二人いるのか」

それが、違うんだ。

「詳しくは教えられないけど、形も違うし、見た場所も違う。でも、化け物のようなものであることと、その場に置いてきた荷物が消えたのは共通している」

これを、同一犯による犯行かもしれないと思わない警察官は、いない。

「じゃあ、本部に連絡して捜査をするのか」

「いや、まだできないんだ」

あぁそうか、って公太は頷いた。

「まだ窃盗《せっとう》であるという証拠は何もないんだな？　俺の件も含めて他の二件も」

「そういうこと」

さすが弁護士になろうと勉強しているだけある。

「まだ単に、公太が落とし物をしてなくしてしまったという届があった、だけになるんだ。化け物にしても、それが何であるか、本当に驚かせて荷物を奪うという目的でやったのかを確定はできない」

「まったく別のことかもしれないんだもんな、化け物と、荷物がなくなったことは。だから警察は、そいつの遺失物届を受理するだけだと」

「そういうこと」

意地の悪い警察官なら、ただの酔っ払いの勘違いだなんて言われてしまう。

「そういうことになるかぁ」

公太が煙草《たばこ》を取り出そうとして、おっと、と気づいてやめた。

「でも、お前は俺を信じてくれるよな。酔っ払いがただの幻《まぼろし》を見たなんて思わないよな」

「思わないね」

西山さんも、うん、と頷いた。

公太は、弟である泰造くんを大事にしている。その泰造くんのアルバムの見本盤を酔っぱらって紛失したからってこんな嘘を言うはずないし、ましてや警官で友人である僕を騙《だま》そうとするはずもない。

化け物みたいなものは、本当に存在しているんだ。

「でも、現実問題、ゲームの世界じゃないんだから、そんなのはいないから」

「どっかの馬鹿が起こしている騒ぎ、だよな」

「そう考えるのが妥当だね」

今までの二件は届を出してきた人の話にどこかあやふやなところがあったので、単純に遺失物届を受けただけだったけど、今回は違う。

「公太、これから時間はあるかい？」

「あるぜ」

「西山さん、公太を連れて現場を見てきます。他の二件の現場も含めて」

西山さんが頷いた。

「そうしておくれ」

二　楢島《ならしま》あおい　マンガ家

泣けなかった。

自分でもびっくりするぐらい、涙は一滴も出なかった。

これでも私は意外と涙脆《もろ》くて、卒業式ではどっかできっと泣いちゃうだろうなぁなんて思っていたんだけど。

学校に行って教室に入ったら、なんか妙にテンション上がっている子もいるし、早くも涙ぐんでいる子がいたり、普段そんなことしないのに窓の外を眺めている子がいたり、とにかく普通の感じじゃなくて。

先生が来て、皆で揃って廊下を歩いて、体育館に入っていって、一年生二年生の皆が迎えてくれて、式が始まって、一人一人名前を呼ばれて。

泣くかなーって思ったんだけど。

涙は出なかった。

その理由はわかってる。

だって、もう朝からずーっと頭の中にその言葉がドドーンと太い書き文字であったんだもん。

卒業したら。

デートできる！

巡《めぐる》さんと、デートできる。

正々堂々と、映画も観に行けるし喫茶店もレストランも入れるし行成さんに車を借りてドライブだってできるし手を繋いで歩くこともできる。

何でもできる！

それはもう嬉しくて嬉しくて気がついたら私はずっと口元が緩《ゆる》んでいたらしくて、クラスメイトの皆にニコニコしてるねって言われてしまって。

「これでもう毎日マンガが描けるんだもんね」

「そう、だね」

たくさんの友達にそう言われてしまって、とりあえず頷いておいた。

確かに、これで一日中マンガを描くことに専念できて、担当編集さんとも約束していた連載も始められる。それはそれはとても嬉しいことだし、私もマンガ家だ！　って大喜びしていいんだけど。

でも、実は身の引き締まる思いでいっぱいなんだよ。

半年前に応募したお巡りさんが主人公のマンガ『コーバン！』で新人賞を受賞できて、それを連載にしようって話になったんだけど、高校生で学校行きながら連載はまだムリですって話をして。

お祖母《ばあ》ちゃんと女の子が一緒に旅をする『お祖母ちゃんと神様』っていう短編マンガを描き上げた。

それは編集さんからも「すっごくいい！」って褒《ほ》められて、『コーバン！』とは別にこれもいつか連載にする調整をしようって言われて、もう天にも昇るぐらいに嬉しかったんだけど、だけど、でもでも。

大変だった。

短編を描き上げるだけでも締切のプレッシャー、ハンパなかった。何よりも、どこまで描いても本当にこれでいいんだろうかって。

この線でいいんだろうか？　この表情でいいんだろうか？　これは、私のマンガは本当に読者に届くんだろうか？　って頭の中をぐるぐるぐるぐる回って。

誰かが言っていた〈芸術は完成しない〉って言葉が、すっごく納得できた。

マンガや小説や商業作品を完成させるのは実は締切なんだってことが、肌でわかってすごく怖くなった。プロってこんなことを毎日やっているんだって、本当に実感できて改めて心底、先生方を尊敬した。

そして、プロとして、仕事としてマンガを描くことは生半可《なまはんか》なことじゃないんだって覚悟した。

「ねぇ、あおい」

「うん？」

ミイちゃん。三年生最後の半年間は私の隣の席だった。

「卒業したら、あおいはもうマンガ家でしょ？」

「そうだよ」

「家を出るの？　東京に住むの？　連載を持ったマンガ家さんってアシさんを使ったりして広い部屋が必要なんでしょ？」

「いやいやいや、ムリムリ」

そんな度量も器量も今の私にはないよ。

「当分は、アシさん使わないで一人で描けるようにやるんだよ。時間を掛けて」

「そうなんだ」

「そう。もうずっと描き溜めしてるの」

一人暮らしはしてみたいって思うけど、そして東京に行けば確かに打ち合わせとかは便利だけど、ここだって電車で一時間掛からないで行けるんだし。

私の担当編集になってくれた伝集社《でんしゅうしゃ》の加寿子《かずこ》さんは、本当に私のことを考えてくれて、いちばんいい形で描かせてくれてる。恵まれてるって、ありがたいなーって思ってる。

「それに、きっとまだ一人暮らしは、お父さんだってダメだって言うよ」

「あおいのお父さん、溺愛《できあい》してるもんねー」

「そうなのよ」

嬉しいけど、ものすごく困ることも多いの。もしも私が遠い地方の大学に行ってたら、そこで一人暮らしを始めてたらどうしたんだろうって。

先生が来た。

最後の挨拶《あいさつ》が始まる。

これで、私たちの高校生活が終わる。

卒業する。

さようなら、さようなら。

いつかまた会える日まで。


「でも私たちの生活は変わんないねー」

「そうだねー」

杏菜と二人で、のんびり、ゆっくり歩いていた。最後の帰り道なんだからそうしようって。最後だけど、杏菜も私も家にいる生活は変わらないから単純に一緒に学校に行かなくなるだけで、会おうと思えばいつでも会えるんだし。

杏菜は体育大学へ進む。東京まで通うからちょっと遠いって言えば遠いんだけど、東京で一人暮らしできるほど家に余裕はないのはわかってるから。

もしも私が一年か二年自宅でマンガ家生活をやって、東京で一人暮らしを始めようと思ったら、一緒に住もうって話してるんだ。

「お腹空《す》いた」

「コロッケ食べてこう」

〈東楽観寺商店街〉の〈やすだ〉さんのコロッケは安くて美味《おい》しい。毎日じゃないけどしよっちゅう買って食べてる。

「あらー、卒業式かい」

「そうなんですー」

〈やすだ〉さんでいつも店頭にいるおばあちゃん。

「おめでとうね、じゃあお祝いで二つで六十円」

「えー！」

「ありがとうございます！」

頑張《がんば》るんだよー、っておばあちゃん本当にいい人だー。

「嬉しいねー」

「本当だね」

コロッケは熱々。すぐにでも食べたいけど。

「交番のベンチに座ろう」

杏菜が言ってスマホを取り出そうとしたけれど。

「あれ？」

「なに？」

向こうを見てる。真正面の交番の方。

「公太さん、交番にいない？」

「公太さん？」

あ、ホントだ。杏菜も私も眼はいいんだ。交番の扉はいつも開けっ放しだから、中に誰がいるかは商店街を歩いていけばだんだん見えてくる。

「何かお話ししてるね」

公太さんは巡さんや行成さんの小学校の同級生で、美春さんが育児放棄しかけた出来事をきっかけにすっごく仲良くなって、しょっちゅう行成さんと三人で会ってる。私も杏菜も一緒にご飯を食べたことが何度もあるし、奥さんも子供も可愛いんだ。

「行こう！」

二人でちょっと早足になってもう少ししたら商店街を抜けるところまで来て、角のコンビニが眼に入ってきたときに、スーツ姿の男の人がコンビニの袋を持って煙草を吸っているのが見えた。

〈東楽観寺商店街〉のいちばん端《はし》にあるコンビニ。

その店の角には灰皿スタンドがあるんだ。そこで煙草を吸っている人はたまにいる。どこかのサラリーマンが一服してるんだなって思ったんだけど、その人の顔を見たときに。

一瞬、身体が震えた。

足が止まった。ちょっと先に行ってしまった杏菜が、ん？　って顔をして振り返った。

どうしてわかったのかわかんないけど、きっと気配を感じたんだ。

間違いない。

あの気配は、何かをじっと観察している。それと気づかれないようにしながら、じっと見ている。

嫌な感じ。

本当に、何か嫌な感じの気配。

好きだからとか、何気なくとか、興味があるとかそんなんじゃない。明らかに敵意のようなそれに近いような感情を持って見ていた。

あの男の人は、交番を観察している。

違う。

監視している？

交番を？

ひょっとして巡さんを？

誰？

この人は、何者？

「杏菜」

「うん？」

三歩戻ってきた杏菜が私を見た。

「ちょっとだけ、離れていてくれる？　あ、〈中山堂《なかやまどう》〉の前で本でも見てて」

「本？」

なんで？　って顔をした後に、杏菜が何かに気づいたみたいに、少しだけ表情を硬くした。

「何か、あるの？」

うん、って頷いた。

「まだわかんないけど、やるから」

万が一のことはゼッタイにないって自信を持っているけれど、巡さんにも言われた。この世にゼッタイはないって。もしも、掏摸《すり》の腕を使うときには他の人を巻き込まないようにって。

「わかった」

「ごめん、コロッケ持ってて」

杏菜はわかってくれてる。私の顔を見て、掏摸をするんだなって。すぐに小走りで離れて〈中山堂〉の前でコロッケを持って、店の前にある雑誌スタンドを眺めているふりをしている。

男の人はまだコンビニの角に立って、煙草を吸ってる。

掏摸をするときに、身体から気を発してはいけない。人間は、本当にごくごく普通の人でも、とんでもないときにその気を感じることがある。

掏摸をするときには、指先だけに気持ちを集中させる。お祖母ちゃんがそう言っていた。私たち特別な腕を持つ掏摸は、指先で一秒を十に分割する。分割した時間の中で指先を動かして、掏《す》る。

それは、特別な気。

それを気取《けど》られてはいけない。

狙《ねら》いは、スーツの左の内ポケット。

そこに、狙いのものはある。

それが私にはわかる。

もうすぐ男の人は煙草を灰皿に押し当てて揉《も》み消そうとする。

この人は、火が点《つ》いたままの煙草を灰皿の中に放り投げるタイプの人じゃない。しっかりと消してから、灰皿の中に落とす。

そういうタイプの人。それが、私には感じ取れる。

そして灰皿スタンドは男の人の膝《ひざ》ぐらいの高さしかないから、どうしたって少し屈《かが》みこむ形になる。

そこで、掏る。

前を通り過ぎる瞬間に小石をひとつ落として一瞬だけ気を逸《そ》らす。

それで、私は一秒を十に割った中で、そのうちの二を使って指先を内ポケットに入れて、一で掏り取って、二で自分の制服の中にしまい込む。

ゼッタイに、誰も気づかない。

男の人の呼吸を読む。

近づいていく。

火を消そうと煙草を持った指先を灰皿に近づけ始めた。

今。

（え？）

一を使って指先を内ポケットに滑り込ませて、人差し指と中指で挟《はさ》み込んで掏ろうとした瞬間に、それが何であるかに気づいてしまって、そのまま掏らないで指先を戻した。

歩いていく。

男の人は、ただ眼の前を制服を着た女子高生が通り過ぎたとしか認識していない。内ポケットの中のものを掏りとられようとしたなんて、気づいていない。

間違いない。

内ポケットに入っていたもの。

あれは。

警察手帳だった。

間違いない。巡さんに参考にって何度も見せてもらったし、マンガで描くときには本物とは少し変えて描いてねって注意もされた。


だから、しっかり見ている。本当はあんまりしてはいけないことだけど、手に取らせてもらった。

その感触は忘れない。物の重さも形状も全部、私は指に挟んだ瞬間にすぐに把握《はあく》できる。それができないと〈平場師《ひらばし》〉なんかやってられない。

ゼッタイに、警察手帳だった。

どうして、警察の人が、交番を監視してたの？

巡さんを、見張っていたの？

三　天野《あまの》さくら　金貸し

また今年も春を迎えられた、というのはまぁ年寄りの口からよく出る台詞《せりふ》だろうけど、あたしの場合はその台詞を言うのも飽きちまった部分はあるね。

八十八歳だよ。米寿《べいじゅ》ってやつさ。

まぁよくもこんな年まで生きてこられたものさ。もっとも、善人は早死にするって言うしね。憎まれっ子世に憚《はばか》るとも言うね。やっぱり世の中はそういうふうにできているのかね。人様に憎まれこそすれ感謝なんかされることは一度もなかったあたしが、こうして九十になろうかって年まで元気で生きているなんてね。

毎日のように食材を届けてくれるスーパーの兄ちゃんもいつも感心しているよ。「おばあちゃん本当に元気ですね」ってさ。曾孫《ひまご》みたいな年の兄ちゃんにね。確かに元気なんだよ。さすがに足腰の衰《おとろ》えは隠せなくて、長い階段を上り下りするのは辛《つら》いけどね。それ以外はどっこも悪いところはない。

頭もはっきりしているし、食べたいものを食べられている。どっかが痛いとか苦しいとかもない。夜もぐっすり眠れるし、朝はぱっちりと眼を覚ますよ。

別に長生きしたいとはこれっぽっちも思っていないのさ。係累《けいるい》がまったくない天涯孤独のこの身だから、死んじまったらもうそれっきり。無縁仏《むえんぼとけ》としてその辺に適当に葬《ほうむ》ってくれて構わない。

未練も何もないね。むしろ生きていると、あれこれと鬱陶《うっとう》しい連中が絡《から》んでくることもあるから、さっさと死んじまいたいんだけどね。

「まぁそれでも」

こうやって縁側の戸を開けて、ゆるりと流れ込んでくる空気の中に春の芽吹《めぶ》きの香りを感じられるのは、良いものさ。あぁまたこうやって風を心地よく感じられる季節がやってきたんだね、と思えるのはね。それぐらいの人らしい心はあたしにだってあるさ。

「おや」

気づかなかったけど、あんたそこにいたのかい。

最近ちょこちょこ見かける黒猫。また我が家の庭に入り込んで、ひなたぼっこをしている。

「野良じゃないねぇ」

毛並みがきれいだ。大方どこかで飼われているんだろうけど、好き勝手に出入りできる環境なのかね。

「いや」

こないだ見かけたときよりも、少し薄汚れてきたような気がするね。すると、捨てられでもしたかい。

「おい、黒猫」

呼んでみると、こっちに顔を向けるね。お腹は空いているかい。何か猫が食べるようなものはあったかね。

「待ちな」

じっとこっちを見ている。警戒している様子はあんまりないから人馴《ひとな》れはしているんだろう。これでも猫を飼っていたことはあるからね。あんたたちの様子は手に取るようにわかるよ。昔の野良猫は何でもかんでも食べたもんだけど、最近の野良猫は舌が肥《こ》えたのか、気にくわないものには見向きもしないからね。それでも、まだどんな猫でもおかかは食べるだろうさ。

「ほれ」

皿に残り物のご飯とおかか。サービスでちょいと味噌《みそ》を落としてお湯で混ぜたよ。文字通りのねこまんまだよ。

縁側の沓脱《くつぬ》ぎ石の上に置いたら、すぐに顔を上げてゆっくりと起き上がって寄ってきた。縁側に座ったままのあたしを警戒しないね。やっぱり飼われている猫だろうかね。

「まだしばらく縁側は開けておくから、好きにしなよ」

居着くんなら、餌《えさ》はあげるよ。

ただし、あたしもいつお迎えが来るかわかんない年だからね。

朝、眼が覚めないでそのままってこともあるかもしれない。ちょいと前だったら、そうなったら誰かがここを訪ねてくるまで猫も何日も放っておかれたかもしれない。

そんなので飼ってしまうのは可哀想だからね。こうして庭にやってくる猫もただ眺めるだけで放っておいたんだけど、最近は三日に一回は来客がある。

だから、ここがいいなら居ればいいよ。あたしがおっ死《ち》んでもあの子が、あおいがお前の行く先ぐらいは何とかしてくれるだろうさ。猫も犬も動物は大好きだって言っていたからね。

大好きなんだけど、犬猫を飼うと母親の膨大《ぼうだい》なマンガコレクションを傷つけられるかもしれないから、飼ったことがないって言ってたね。

悦子《えつこ》って言ってたね。あの子の母親、みつの娘。

まだ小さい頃に二、三度見かけたことはあるけれども、みつにそっくりだったよね。みつやあおいほどの掏摸の才能はないらしいけど、それなりにみつから受け継いだものはあるとか。

旦那はお堅い公務員だって話だし、あたしなんかとはかかわりたくないだろうから、あおいにもそう言ってある。お母さんにはあたしの話はするんじゃないよってね。

あおいは、今日も来るかもしれないね。

卒業式だって言っていたから。昼にはもう高校生活が終わるってね。

「何だ」

いつの間にやら、縁側に上がっていたのかい。のんびりと気持ち良さそうに寝転んで。

そんなにここが気に入ったのかい。

昔に飼っていた猫は焦《こ》げ茶色の縞猫《しまねこ》だったねぇ。

「タビ」

あんたは真っ黒だから、足袋《たび》を履《は》いているようには見えないけど、あの猫は足元だけ真っ白でね。足袋を履いているみたいだったからタビって名前をつけたんだよ。もう何十年も前の話だね。三十年、四十年も前だったかね。

あぁ、そうそう。猫は、こんな感じだったね。忘れていたよ。猫を撫《な》でたのなんか本当にしばらくぶりだ。あんたは本当に人馴れしているね。撫でられても逃げやしない。

「変なものだね」

ここんところ、よく昔のことを思い出して、気がつくと一時間も経ってることがよくあるんだよ。

あの子に、あおいに出会ってからだねぇ。

みつの孫娘のあおいに出会って、そして宇田さんの孫息子がお巡りさんになってこの町の交番に来ていて。

その二人が互いに好き合っていて、あたしの周りにいるなんてねぇ。

縁だね。

この年になって、思い知ったね。

縁ってものは、この世にあるんだね。

「ねぇ、タビや」

そう呼んでもいいかい。そうするよ。

「おや」

どうしたい、急に顔を上げて耳を立てて。木戸を開ける音がしたね。誰か来たかい。

「さくらさん！」

「いらっしゃい」

あおい。

みつの孫娘。

「卒業式は、無事終わったのかい」

「はい！」

「卒業おめでとう」

「ありがとうございます」

出会って丸二年が経つかね。元々そこらの女優も裸足《はだし》で逃げていくような美人さんだったけど、どんどん綺麗《きれい》になっていくねこの娘は。

恋は女を綺麗にさせるってのは本当だよ。

もっともこの子はまだ本当の意味で男を知らないだろうから、この先に宇田のお巡りさんと深い仲になっていけば、ますます女として磨きがかかっていくだろうさ。楽しみだねえ。

楽しみだけど、そんなとんでもない美貌《びぼう》を人前に出すことのないマンガ家さんになったなんてね。

宝の持ち腐《ぐさ》れってのはこういうことを言うんだよね。まぁこの子は自分の美しさを表に出そうなんて気持ちはこれっぽっちもないんだけど。

しかし、女掏摸とお巡りさんとはねぇ。いやもっともこの子は掏摸を商売にしていないからいいんだけどね。

「あれ！」

猫！　って大きな声を出してニコニコして。タビもちょいと眼を丸くしたけど、逃げないね。

「どうしたの？　飼い始めたの？」

「いいや。さっき上がり込んできたんだよ」

「カワイイ！」

そっと手を伸ばす。頭を撫でる。

「飼うんですか？」

「このまま居着くんならね。ご飯はあげるさ」

「じゃあトイレとかも買わないと！」

そうさね。本当に飼うんならそういうものも用意しなきゃあならないけれども。

「そんときは頼むけど。あおい」

「はい？」

「どうしたい。心配事でもあるのかい」

あおいがちょっと顔を顰めた。唇を結んで、そっとタビの横に腰掛けた。

「そんな顔をしてる？」

「してるね。卒業を迎えて、これで晴れて堂々とお巡りさんとデートできるって喜んでいる顔じゃないね」

こくん、と頷いた。

「話してごらん。何があった」

まさか掏摸の腕を使ってしくじったって話じゃあないだろう。この子がしくじるなんてあり得ない。

「卒業式が終わって、帰ってきたんだ」

いつものように、親友だっていう杏菜ちゃんと一緒に帰ってきたって続けた。杏菜ちゃんは話だけは聞いているけど会ったことはないよ。

商店街を歩いて、交番に寄ろうと思っていた。ところが、コンビニの角のところで。

「煙草を吸っていた男？」

「そうです」

「その男が、宇田のお巡りさんを見張っていたってかい」

　こくん、と、あおいが頷いた。

「警官だったの。間違いなく」

　何者かを探るために胸ポケットに入っているものを掏ろうとした。ところが、それは。

「警察手帳」

　間違いないんだろう。この子のそういう感覚はみつ譲《ゆず》り。

　みつもそうだったよ。自分の指に挟んだものは、挟んだ瞬間にそれが何であるかを判断できた。財布なのか名刺入れなのか別のものなのか。それが外れたことは一度だってなかった。

　警察が、警察を見張っていたってかい。

「私服警察官ってことは、そいつは刑事ってことかね」

「そこまではわからないけど」

　制服ではなくスーツや私服で動き回る警察官は、刑事に限ったことでもないか。他にも、そういう人間はいるね。

「宇田のお巡りさんには言ったのかい」

「まだ言ってない。私がその男を探っているうちに、公太さんと一緒にパトロールに出かけちゃって、しばらく戻ってこないって言うから」

「公太とパトロール？」

なんだいそりゃ。

「何か、公太さんが巻き込まれた、事件かもしれないものがあったんですって。それで、現場を確かめに行ったたって」

「公太が事件にかい」

あの男はすっかりまともになったと思っていたのに、また何か事件に巻き込まれるようなことをしでかしたのかい。

「LINEとかで言えばいいじゃないか」

「勤務中はしないって決めてるの」

とことん真面目だね。宇田のお巡りさんは。

祖父《じい》さんもそうだったよね。真面目で堅物で、融通《ゆうずう》の利かない人だったよ。まぁ孫はどうやら真面目ではあるけれども、今の若者らしい軽さもあるようだけどね。

「お巡りが、お巡りをねぇ」

「うん」

あたしも、素人《しろうと》じゃない。裏で金貸しなんかやっていればその辺の事情にもあれこれと通じてくるし、人脈もできてくる。

お巡りがお巡りを見張るってことがどういうことかを、推察するぐらいはできる。

「あおい」

「はい」

「宇田のお巡りさんは、以前は刑事だったって言ってたね」

「言ってました」

「いろいろな事情があって、交番勤務の制服警察官としてこの町に来たって」

「そうです」

出会ってから、二年。

その間に、あおいが東京で〈箱師《はこし》〉を見つけた事件があったね。今どき〈箱師〉がいるのかねって驚いたけど、日本人じゃなかったってね。〈箱師〉というより窃盗集団で、それを宇田のお巡りさんに教えて逮捕した。

あのときも思ったけれど、宇田巡は大した警察官だよ。

鼻が利くってやつだね。警察官として最も重要な資質を生まれ持った男だとあたしは理解した。刑事をやっていたってのも頷けると思ったものだけど。

「それが、何か関係しているのかね」

「え？」

何のことって、あおいが怪訝《けげん》な顔をする。

いくら天才的な〈平場師〉とはいってもこの子はまだ高校を卒業したばかりの女の子。

その見張っていた警察官の気を感じて見抜いたのはさすがだけど、その裏にあるものまでは無理だろう。

「どういう事情なのか、聞いていないんだろう？」

うん、と、頷いたその顔を見つめる。

きれいな瞳をしているんだよこの子は。若い女の子の瞳はどんなにへちゃむくれな子だって大抵はきれいなもんだけど、中にはどんよりとしてしまっている子もいる。

あおいは、良い子だよ。みつは、本当にいい孫を持った。幸せな人生を送って死んでいったんだろう。

〈平場師〉というのは、決して人様に言えない裏道の商売だ。掏摸は、犯罪だよ。いくら裕福な人間しか狙《ねら》わないったって、所詮《しょせん》は泥棒だ。

けれども、その天分は、才能は、技術自体は、罪じゃないんだよ。

人間の持っている大いなる可能性を示すれっきとした能力なんだよ。足が速いとか暗算が凄《すご》いとかと同じさ。それはたとえお巡りさんでも裁判官でも認めてくれるだろう。

そういう自分の技を、才を、全部託《たく》してなおかつこんなきれいな瞳を持った子にさせたんだ。みつは、大した女だったね。

「あおい」

「はい」

「そのこと、まだ宇田のお巡りさんには言わない方がいいね」

「え？」

思い過ごしならいいんだけどね。

「もしも、だよ？　あくまでももしもの話だ。宇田のお巡りさんが警察内部の誰かさんに監視されているとしよう。それが、どういうことか想像できるかい？」

「考えたけれど、そういうことをする部署は監察官とかそういうの。警察内部の不正とか不祥事とかを調べるところ」

「そうだね」

わかっていたかい。なるほどさすが若くても、想像力と知識も豊かなマンガ家さんだね。いろいろ知ってるね。

「もしもそういうところが本気で出張《でば》っているとするとね。宇田さんと付き合っているあんたも監視対象になっている可能性があるんだ」

あおいの眉間《みけん》に皺《しわ》が寄った。

「やっぱり？」

「やっぱりさ。だから、あんたが宇田のお巡りさんにそのことを言ってしまうと、それが向こうに知られる可能性も出てくる。そしてそれがどんな事態を招くか今のところ皆目わかりゃあしない。だから、まだ黙っていた方がいい」

心配そうな顔をして、あおいが頷く。

「でも、巡さんは」

「もちろんさ」

言わなくてもわかる。

「あの男は、不正とか不祥事みたいなことをしでかすような男じゃない。だから、巻き込まれていると考えた方が自然だね」

「それは、巡さんが刑事じゃなくなって交番勤務になったことに繋がっているかもしれない」

「その通り」

そこまで考えていたかい。やっぱり並の女の子じゃないね。

「今まで通り過ごしていなさい。それがいちばんさ」

「巡さんは大丈夫かな」

「大丈夫だろう。まだね」

そういう輩《やから》が本気で、仕事で動くのなら、コンビニの角で煙草を吸いながら監視するなんていう安易なことはしないはずさ。

「まだ本格的に動いていないか、あるいは」

「あるいは？」

　あたしも思わず顔を顰めちまったね。あおいの表情に引きずられちまった。

「こっちの方が性質《たち》が悪いかもしれないけどね。その動きは正式なものじゃないのかもしれない」

「正式じゃないとすると、非公式ってこと？」

「そうだね。非公式」

　個人的な、恨《うら》み辛《つら》み。

「そうなると、かなり厄介《やっかい》だ。個人的なことってのは、つまり知っている人間がごく限られているってことだ。表には出て来づらいだろう？」

「うん」

「とりあえず、あたしの方で少し探りを入れてやるさ。待ってなさい」

「さくらさんが？」

　眼を丸くしたね。

「伊達《だて》にね、何十年も裏道稼業をやっていないんだよ。この町で何か大きなものが動くのなら、必ずこの町の裏側に住む誰かの耳に入る。そしたらそれがあたしの耳に入ってこないはずはないのさ」

　自慢するようなこっちゃないけどね。

「え、でもさくらさん。それって」

「安心おし。危ないことじゃないよ」

ちょいと知り合いを呼んで話を聞くだけさ。

「それよりも、あおい。今度デートするのはいつだい」

「決まってないけど、非番の日に会おうって話してる」

「じゃあ、そんときはね」

せっかくの、初めて堂々とデートするって日に可哀想だけどね。

「カメラあるだろ。あんたの得意のカメラ」

「うん」

「それ持ってデートしな。そして、あんたのその感覚を全開にしておきなさい。それで、見張っている奴がいたのならさり気なく写真を撮っておくんだね」

それがあれば、きっと話が早い。

四　市川泰造《いちかわたいぞう》　ミュージシャン

「よっしゃー！」

腕を大きく広げて足も広げて満面の笑みを浮かべて天を仰《あお》いで。

見つめる先にはドローン。ドローンロンロン。ドロロンえん魔《ま》くん。

そのまま。

五秒経過。

十秒経過。

まだかよ。

（オッケーでーす）

イヤホンから声。

ずっと向こうの方で芝生《しばふ》に座り込んでMacBook Proを覗き込んでいるカツヤの声。もうすっごい離れているからさ。これ、俺の真上にドローンがなかったらただのアブナイ奴だよね。や、ＰＶの撮影自体がもうそういうもんなんだけどさ。カメラが見えなかったら不審者扱いされてもしょうがない。

「どうどう？　どうどう？　こんなんでしょ？」

（いい、っスけど）

「けど？」

（もうワンパターン撮りません？　今度は片足立ちで右腕を突き上げてウルトラマンみたいに）

「ウルトラマンね」

好きだよそういうの本当にね。

俺はマジであの時代の子供でいたかったたって、生まれたかったたって思うよ。ウルトラマンもそうだけどアイアンキング好きなんだよシルバー仮面も渋いしさ。ジャイアントじゃないシルバー仮面の方ね。

ああいうのに、子供時代に何にも考えないでただただ夢中になりたかったなーってね。あや、もちろんそういうのを何でもすぐに観られる今の時代ってのはいいんだけどさ。あの頃の子供たちって、家にレコーダーなかったんだぜ？　パソコンもなかったんだぜ？　好きな番組はリアルタイムで観たらもう観られなかったんだぜ？

すごいよね。それでさ、はっきり内容覚えちゃってんだよ。今、五十過ぎのおっさんたちがその頃に観たっきりのヒーローをがっつりはっきり覚えちゃってんだよ。それぐらい、衝撃的な内容で夢中になって観ていたんだよ。文字通り眼に焼き付けるってやつさ。

それぐらいの衝撃っていうのをさ。味わってみたかったなーってさ。

「オッケーやりましょう。こんな感じ？」

片足立ちで右腕を突き上げて天を見上げる。その先にはドローン、ロンロン。操縦しているケイがゆーらゆーら動かしている。

（少しカメラから目線外しましょうか。ケイ、固定して）

（オッケー）

ドローンの動きが止まった。そこに付いているカメラを見てから、顔を動かす。

「こう？」

（そうですそうです。あ、それで五秒経ったらドローン急上昇させますから、「なんで？」って顔をするのどうでしょ？）

「イイね！」

カツヤはイイね。若いのにわかってるよね。や、俺もまだ二十四で充分若いんだけどさ。さすがに十代の連中と一緒にやってると自分が年食ったのを思い知らされるよね。

（いきまーす）

「よっしゃー！」

はい、ドローン急上昇。

ケイの操縦はスゴイよね。完璧だもんね。

「なんで？」

はい、この顔、ゼッタイに笑える。笑える顔ならお手の物。

チェックチェックチェック。

カツヤの持ってるMacBook Proに今撮ったばかりの映像が映し出されて、ケイも入れて三人でチェック。

「いいね」

「イイっすね」

「オッケーですね?」

「いいんじゃない?」

うん、って頷いたらケイもカツヤも嬉しそうな顔をして笑った。こいつら一見すると悪そうな顔してるけど、笑うとカワイイんだよね。

「じゃ、これで一度全パケってことにして、組みますね」

「どれぐらいかかるかなー?」

カツヤがMacBook Proをパタン、って畳《たた》んでからうーん、って唸《うな》った。

「ざっくりしたので、一週間。それ観てもらって、打ち合わせして、手直しで三日。もし再撮があったらまた一週間ってな感じっスかね」

「いいんじゃない? 充分充分」

新曲『フリスクリスク』のPV。めっちゃおもしろいものになると思う。またYouTubeでバンバン視聴回数稼いじゃいそう。

「でも『フリスクリスク』、今回のミニアルバムには入ってないんですよね」

「入ってない」

「何で入れなかったんスか? サイコーなのに」

「そこはそれ、戦略ってもんで」

ミニアルバムは出しておいて、そこに入っていない曲でめっちゃページビュー稼いで繋げていく。

「ミニアルバムの後にね、続けざまに出すのよまた」

「出すんですか」

「もう出す出す。いいからまとめて出せやこの野郎！　って怒られるぐらいに細切れに出すの」

そういう戦略。戦略っていうか、気分ね。今の気分はそんな感じなんだ。

「見本盤、できたんですよね？」

「もうすぐできるよ。後であげるからね」

カツヤとケイが嬉しそうに頷いた。

「ねむっ！」

車でここまで来たけどさ。このだだっ広いだけが取り柄の柴並《しばなみ》公園だけどさ。まだ朝の七時なんだよね。

確かに撮影において光ってのはものすごく重要で、最後のシーンが朝のどッピーカンの光の中で撮るのがベストってのもわかっていたけどさ。さすがに五時起きは眠いよね。もうすっかり身体がミュージシャンな身体になっちゃっているからさ。

　毎朝決まった時間に起きて、バイトに行かなきゃならない生活から離れて一年ですよ一年。

　ダメだわ。ちょっとこのまま車の中で眠っていくかな。窓を開けておけば、不審者に思われないでしょ。

「やれやれ」

　煙草はやめられないねー。やめるか電子タバコにしようかなって思うんだけどさ。これがなかなかねー。

「まぁしかし」

　この一年、がんばったよね。

　いや、がんばったっつーか、運が良かったよね。

　カツヤとケイと出会ってPV撮ってそれをアップしたらものすごい評判になって、それっとばかりにミニアルバム作って出したら一気に火が点《つ》いたよね。

　それまで二千人しかいなかったTwitterのフォロワーが一気に二万人になったよね。アルバムも一万枚も売れて、ラジオや雑誌の取材もバンバン来たよね。

「あー」

　煙草の煙が窓から外へ流れていく。

「マジ、良い天気だわ今日は」

あー気持ち良いわ。

「才能だよなぁ」

俺も才能あるけどさ。ケイのドローンの操縦はすごいよね。プロ並みだもんな。何でこんな映像撮れるのってびっくりしたもんな。そしてカツヤのセンスだよな。

十代でさ、十八歳であんな才能が俺にあったら俺はもうとっくに日本のトップオブザワールドだよね。ミリオンセラー出してるよね。

カツヤの作ったPVがあったからこそだよな。や、それ以前に絵コンテ切る俺の才能があってこそだけどさ。

兄貴にもさ、がんばってもらっちゃって、事務所立ち上げてもらってさ。伯父《おじ》さんのスーパーはもう手伝えなくなったけど、いやバイトしようと思えばできる時間はあるけど一応お金はそれなりに稼げるようになったし。

順調。

順調っつーか。

次どうしようって話だよな。

前に誰かが言ってたんだよな。なっちゃうと、後はもうそこに居続けなきゃならなくなるって。

もうさ、名前が全国に知れ渡ったら、忘れられないようにどんどん売れ続けなきゃならないんだよね。

売れてるミュージシャンとして存在し続けなきゃならないんだよね。まぁまだ全国に名前は知れ渡っていないし、ようやくJ2に上がったチームみたいなもんだけどさ。

「ここからね」

J1で優勝しなきゃならないんだよ。

や、しなきゃならないってことはないんだよ。でも、そうなった方がいいんだよ。そうならないで地味にやっていくってことはいつかまた誰も知らない存在になっちゃうってことだからさ。

やっぱり、売れるためにやらなきゃならないんだよ。

「これだよね」

贅沢《ぜいたく》な悩み。

うん。

贅沢だ。

☆

「おう！」

びっくりした。

スマホ鳴ってる。

自分が寝てたことに驚いた。

兄貴。

「はい！」

（オレだ）

「うん」

（今、どこにいるんだ？）

「今はね、あーと」

寝起きで自分がどこにいるか忘れてた。

「あ、柴並公園」

（柴並公園？　ＰＶの撮影か？）

「そうそう」

（まだやってんのか？）

「や、もう終わった。朝早かったから眠くてさ。車の中で眠っちまってた」

（もう二時だぞ）

「二時ぃ？」

びっくりだ。本当だ。何時間寝てたんだ俺。いきなり腹が鳴り出したよ。腹減ってるよめっちゃ。

「マジだ。帰るわ。家帰る」

（帰る前によ。ちょいと交番寄ってくれないか）

「交番？」

なんだよ。

「何やったんだよ兄貴」

（違うよバカ。〈東楽観寺前交番〉だよ）

「あぁ」

宇田さんのところか。

「何してんのそこで」

（ちょいとお前にもかかわる話があるからさ。来たら話すから。待ってるから）

「了解」

プツッ。

何だ交番に。何があったんだ。俺にもかかわる話って。

交番の前には車を停められないから、〈東楽観寺〉の駐車場に停めさせてもらう。交番に用事があるときにはここに停めていいって行成さんに言われてるからね。

「あ」

「よう」

行成さん。作務衣を着て歩いていた。

「そうですね」

「久しぶりじゃないか」

「ご活躍で。こないだのラジオ聴いたぜ」

ニヤリと笑う行成さん。マジでその顔で笑われるとコワイんですよね。

「いやいや」

「今日はどうした。何かあったか」

「や、何か兄貴が交番にいるから来いって」

「公太が？」

行成さんが交番の方を見る。

「どうしたんだ昼間っから」

「わかんないっすよ。とにかく俺にもかかわる話があるから来いって」

何だろな、って行成さんが言う。

「何か聞いてないですか？」

さてな、って首を傾《かし》げた。

「昼頃に巡とは話をしたんだけど何も言ってなかったな。俺も急な用事があって出かけていて、今帰ってきたんだ」

「そうですか」

「俺も行こうかな」

どうぞどうぞ。二人で並んで境内を歩き出した。

「そういや、今日は卒業式ですよね。あおいちゃんと杏菜ちゃん」

「そうそう。さっきＬＩＮＥで話した。無事に卒業したって」

「そっすか」

羨《うらや》ましいんだよねぇ。行成さんと宇田さん。二人してカワイイ高校生の、いやもう高校生じゃないけど、若い彼女と付き合っちゃって。

境内から階段下りたらすぐに交番。入口はいつも開いているから、前に回ったら椅子に座ってる兄貴の姿が見えた。

宇田さんも、それから西山さんもいる。

「おう」

「どうも」

宇田さんと西山さんの顔を見てすぐにわかったね。

あ、これマジなやつだって。

五　浜本晋一郎《はまもとしんいちろう》　無職

朝、起きるといつも思う。

ああ、今日も生きていたか、と。

蒲団《ふとん》の上で軽く、ゆっくりと伸びをしてから手足を動かす。八十を過ぎて九十にも届きそうな身体は、急激に動かすとどこかしら痛めるかもしれないし、そもそもあんまり力を込めると脳溢血《のういっけつ》でも起こしかねない。

そのまま死ねるのならそれでもいいと思っていたのだが、最近はそうもいかない。子供に、若い連中に面倒を掛けるのは忍びない。

「やれ」

一声上げて、そっと起き上がる。蒲団の上にあぐらをかき、横から縦になった身体をしばらく馴染《なじ》ませる。馴染んだらまたゆっくりと立ち上がって、膝《ひざ》の調子を確かめて、それから窓のカーテンを開ける。

「おお」

良い天気だ。青空しか見えない。眩《まぶ》しさに細めた眼に涙が滲《にじ》む。どうやら今日は洗濯日《び》和《より》らしい。

「蒲団も、干すか」

洗濯機を回すのは、朝ご飯を食べてからだ。上の部屋に住む田中《たなか》のばあさんはもう耳が遠いくせにやたらと音に文句を言ってくる。たぶんもう何十年も上と下に住んでいるのに、いまだに、だ。もっとも滅多《めった》に顔を合わせないし、合わせたら合わせたで、あぁ生きていたのかという生存確認をお互いにして、少しはほっとしているのだが。

この年になると人付き合いはそんなものだ。どんなに反《そ》りが合わなくても、何だまだ生きているのかと思っても、意思が通じるようならまだ元気じゃないかとほっとする。いなくなったら、先に逝《い》っちまったかと少し淋《さび》しくもなる。

隣の部屋で二人はまだ眠っているだろう。

あいつらは何か用事がなければ起き出すのはいつも昼前だ。それでも午前中に起き出して、今日のスケジュールを確認しながら朝飯と昼飯兼用のご飯を食べている。

充分に人間らしい生活をしているとは思う。

「おや」

寝巻から着替えて、居間に続く襖《ふすま》を開けると、いい匂いと音がしていた。

「おはよう、シンさん」

もう起きていたのか。

「随分《ずいぶん》早いな」

台所のテーブルでケイとカツヤが朝ご飯を食べていた。年寄りの浅い眠りをまったく妨《さまた》げなかったのだから、静かに静かに朝ご飯を用意していたんだろう。

「目玉焼きだけ焼いてあるよ」

「サラダもヨーグルトも冷蔵庫にある」

「そうか」

後はパンを焼けばいいだけか。

「何かの仕事か？」

空いている椅子に座ると、ケイがコーヒーを私のカップに入れて、そこに牛乳を少し注《つ》いでくれた。眼の前に置いてくれる。まだ眼は見えるかいとでも言いたげに私を覗き込みながら、ゆっくりと。

「ありがとう」

「ＰＶを撮るんだ」

カツヤが言う。

「そうか」

ぴぃぶいとは何かと訊いてもわからないだろうから訊かないでただ頷いておく。とる、とは撮影のことだろう。それならきっとそういうものだ。そもそも若い連中の話す言葉の何割かは理解できないから大抵は放っておく。

「ちゃんとした仕事なのか？」

「もちろんそうだよ。ギャラが出る」

ギャラが報酬《ほうしゅう》だというのは知っている。それだけわかれば充分だ。悪いことではなく、真っ当な仕事をしているということだ。

「そりゃいいな。どんどん稼げ」

ケイとカツヤが笑って頷く。笑うと、その顔はまだまだ幼い。普通の生活をしていれば高校生の年齢の二人だ。実際、二人の友人のほとんどは高校へ通っているはずだ。

それができなくなった理由は、何となくはわかっているが。

「もう出るからさ。食器洗い頼んでいい？」

「おう」

二人で同時に立ち上がる。頼んでいいかと言いながらも、自分たちの使った食器はちゃんと洗い場に下げている。

そういうところだ。

そういうところが、この二人をずっとこの部屋に住まわせている理由だ。

「晩飯には帰ってくるからさ。どっかに食べに行こうぜ」

「外食か？」

そう、と、ケイが笑う。

「ギャラ今日貰《もら》えるからさ。肉食べに行こうよ」

「年寄りほど肉を食わなきゃダメってどこかで言ってたぜ」

カツヤが言う。

「わかった」

じゃあねー、と、明るく元気な声を上げ何やら荷物をたくさん担いで、二人が玄関から出ていく。鉄の扉の味気ない音が部屋の中に響く。ひとつ溜息をついて、カップを持ってベランダに出る。

程なくして、二人がすぐ脇にある団地の出入り口から出てくるのが見える。ケイは金色の頭だ。カツヤは坊主頭におかしな線が入っている。二人で何か言葉を交わしながら、向かいの駐車場に置いてある軽自動車に乗り込んで、走り去っていく。

あの軽自動車も誰の車なのか。そもそもあの二人のどっちかでも運転免許を持っているのかどうかも、私にはわからない。

わかっているのは、あの二人がこの飯島団地で生まれ育った子供ということだけだ。そして、どっちも親に恵まれていないということも。

ケイの母親は水商売をしているらしい。どんな内容の水商売かは知らない。そしてケイが一度も会ったことのない父親は元々は暴力団員で、もう死んでいるのかあるいは刑務所にいるかのどちらからしい。

カツヤの母親は町外れの精密機械工場で働いているそうだ。そして、日本人ではないらしい。その辺は秘密という話だからどうやら不法入国してそのままになっているらしい。アジア人であることは間違いないそうだが。父親が誰かはまったく知らないそうだ。とはいえ、日本の学校に通っていたのだからカツヤの戸籍自体はちゃんとあるんだろう。

どっちも良い母親とは言えないらしいが、少なくとも二人を産んで今まで育ててきたのだ。充分に母親としてきちんとやってきたと言えるだろう。

二人もそういう母親を放ってもおけないらしく、この団地からは離れようとしない。寝起きこそ、私の家を根城にしているが、このベランダから見えるどこかの窓が、あの二人の母親が住む部屋らしい。

カツヤもケイも、機械に相当詳しい。

この部屋のボイラーも、ちょっと見ただけで修理箇所を判断してどこかから部品を調達してきて簡単に直した。掃除機も洗濯機も壊れていたのだが、廃品になったものを持ってきてくれて、修理して使えるようにした。

どこでそんな技術を身につけたのかを尋ねたら、二人とも一応、以前は市内の工業高校へ通っていたらしい。それ以前にも幼い頃から、どこかの修理工場のようなところでアルバイトをしていたらしい。

カツヤは特にコンピュータに詳しい。いつもノートパソコンとかを持ち歩いている。カメラで撮影するのも得意らしく、私の姿も何度も撮られた。良い素材になるとかなんとか言っている。

溜息をついて、コーヒーを飲む。

「あぁ」

旨《うま》い。

カツヤは誰に教わったのか、コーヒーをドリップで淹《い》れる。二人がこの部屋に住み着くまで長い間コーヒーなどインスタントしか飲まなかったが、コーヒーとは旨いものなんだとカツヤに改めて教わった。

「年寄りほど肉を食え、か」

その通りだ。台所に戻って、ベーコンを焼こう。

テレビを点ける。いつも点けっぱなしだ。このテレビも二人が廃品回収業者から手に入れたと言っていた。盗品じゃないと言っていたが、そこはどうかはわからない。ただまぁ、そんなに極端に悪いことはしていないだろうというのは感じている。

八十年以上も生きていれば、それぐらいはわかる。

まだ十七、八のガキが、根っこから腐《くさ》っているかいないかぐらいは、感じ取れるものだ。あの二人は、悪さをしてるとしても、腐ってはいない。それは誰に対してでも保証できる。

ベーコンを焼いて、目玉焼きの皿に載せる。冷蔵庫からサラダを出して、ヨーグルトも出す。パンが焼けたとトースターが音を立てる。

テレビのニュースを観ながら、朝食だ。

二人がここに住み出してから、こういう人間らしい生活をするようになった。

「いつからだったかな」

定年退職をしたのは、もう二十何年も前だ。そのときにはまだ敏子《としこ》もいたし、義夫《よしお》もいた。

親に似て平々凡々に育ってしまった一人息子だったが、優しい子で悪いことだけはしなかった。母親も大事にしていた。それで充分だと思っていた。家を出て就職し、真面目に働き出すと、敏子と二人きりになって、年金暮らしになって、慎《つつ》ましやかに静かに生きていこうと思っていた。

一年に一回ぐらいは、近場の温泉にでも二人で行こうと思っていた。そうやっていけば死ぬまでここで暮らしていけるだろうと算段していた。

それが、壊れた。

人生は壊れることがあるんだと、そのときに初めて実感した。

義夫が、会社に行かなくなった。心の病らしく、うちに戻ってきて病院に通い出した。敏子と二人でどうしたものかと悩んでいたが、おろおろしている内に、義夫は自分の部屋で自ら命を絶った。

何が起こったのか、何もわからなかった。

何もわからなかった自分自身を、敏子は、妻は、呪《のろ》った。あっという間に心の平穏も身体の健康も蝕《むしば》まれ、ある朝、もう一生目覚めなくなっていた。

一年も間をおかずに、息子と妻が、二人もの人が死んでいったこの部屋を訪ねてくるものなど誰もいなくなった。

自分はどうして生きているんだろうと思った。

その内に、そう思うことさえなくなっていった。ただ朝が来て夜が来ていた。飯を食べていたのは、人間の、動物としての生存本能とかいうやつかもしれない。あるいは身体にも心にも染《し》み付いていた何かかもしれない。

そういう日々が何年続いたのかもわからない。

そうだ、二年前に、あの二人がひょっこりと庭に現れた。

団地の一階に住む者だけが使える小さな庭だ。

その分だけ当然家賃は高いが、軽自動車一台、あるいはプレハブの物置が置ける程度の広さはある。義夫が小さい頃には、夏になるとそこにプールを置いて、水浴びをして遊んでいた。同じ団地の子供たちもよく集まっていた。バーベキューなどもやってみたかったが、近隣に迷惑だと思って、焼きそばを作るぐらいにしていた。

義夫が大きくなってからはプレハブの物置を置いて、そこで趣味の寄木細工《よせぎざいく》をやっていた。

寄木細工は、祖父が生きていた頃の家業だった。父はその仕事は継がなかったが、祖父は死ぬまでこつこつと続けていた。私も子供の頃から教えられていたものを、定年後の趣味としていたのだ。

フリーマーケットや公民館の展示で多少は売れるほどには、作ることができていたのだが、それも埃《ほこり》を被《かぶ》ったままになっていた。

その物置は使っているのかと、カツヤとケイが訊いてくるまでは。

それまで、自分は生きながら死んでいたんだと思う。

まるで記憶がないのだから。

「さて」

食器を洗って、洗濯をするか。あいつらの分も溜まっている。

洗濯はしてやっている。その代わりにあいつらは部屋の掃除と買い物をする。私が外へ出る用事があるときには付き添ってくれたり、車を運転してくれたりもする。要は老人の世話だ。

家賃や光熱費は当然私が払っているし、普段の食費も私が出している。あいつらが食べたいものがあったら、材料を勝手に買ってくる。そういう暮らし方をしている。約束は何もない。

私は死ぬまで、年金でここの家賃を払い続けることができる。あの二人の寝床は確保できる。そう思って、生きている。

どうしてそんな気になったのかは、自分でもよくわからない。ケイとカツヤのどちらかが義夫に似ていたわけでもない。

ただ、プレハブの作業場を借りたいと言ってきたあの二人の眼に、濁《にご》りがなかったからだと思う。純粋に自分たちの居場所ができればいいと思っていたのが、わかったからだと思う。

未来を担《にな》う子供たちのためを考えるのも、若者たちのために動くことも、かつての自分の仕事のひとつだったからだろう。

散歩は欠かさない。

一日四キロは、調子が良ければ六キロは歩くことにしている。歩数計もカツヤが買ってきた。何でも日本のどこまで歩いたかカウントできる歩数計らしいのだが、まだ全体の十分の一も進んでいない。ペットボトルの水を必ず持っていくが、それを入れるウエストバッグも、そしてスニーカーもあいつらと一緒に出かけて買ってきたものだ。

歩くだけで一時間から二時間近くかかる。途中で喫茶店に寄ることもある。本屋に寄ったり食材の買い物をしたりもする。だから、一度外に出るとなんだかんだで三時間、四時間も経つことがある。

帰ってきたら、少し寝る。

そして、そういう散歩と食事とテレビを観る以外は、毎日ゲームをしている。これもあいつらが買ってきたものだ。老人でもできて、しかもボケ防止にもいいというゲームを選んで買ってきてくれた。

これがなかなかおもしろい。若者の言葉で言うと、ハマる。今やっているのは戦争ものなんだが、若者のような反射神経がないとやれないという話も聞くが、そんなことはない。衰えた老人の反射神経でも充分やれる。

「お」

電話が鳴った。

珍しい。電話が掛かってくるのは大抵はセールスかオレオレ詐欺《さぎ》のどちらかだ。生憎《あいにく》とどちらにも騙されない。

コントローラーを置き、テレビの音量を下げて受話器を取る。

「はい、浜本《はまもと》です」

（浜本さんかい）

驚いた。

電話が掛かってきたのにも驚いたが、声を聞いただけで誰だかすぐにわかった自分にも驚いた。

「天野《あまの》さんか？」

受話器の向こうで乾いた笑い声が響いた。ああそうだ、こういう笑い声だったこの女性は。まるで変わっていない。

（よくわかったね。何十年ぶりだっていうのに）

まったくだ。本当に何十年ぶりだろう。

天野さくらさん。

六　大村行成《おおむらゆきなり》　副住職

巡と西山さん、それに公太と泰造。

昨日、公太が幽霊とか妖怪とか化け物に脅かされて持っていた泰造の新しいアルバムの見本盤が袋ごとなくなっていて、って。

そんな事件が起こっていたのか。

「それで？　泰造のＣＤは戻ってきたのか」

「戻ったんだよ。何故かな」

公太が机の上に置いてある袋を示して言った。覗き込んだら、確かにＣＤがびっしりと詰まっていた。

「泰造の新譜か」

「一枚持ってっていいぞ」

「あ、ぜひぜひ聴いてくださいよー」

「そうか？　じゃ、二枚いいか？」

「おう」

そう言って公太がニヤリと笑った。

「杏菜ちゃんにだろ。聴かせてやってくれよ。そして宣伝してくれよって。もう女子高生じゃないけど、若い女の子の拡散力はハンパないからな」

「オッケー」

二枚取った。見本盤ってことでまだジャケットはモノクロのコピーになっていた。良く言えば愛嬌《あいきょう》のある泰造が、犬と猫に囲まれてにんまりと笑っている写真だ。可愛いことは可愛いが、どうしてジャケットが犬猫と笑顔の泰造の写真なのかはよくわからない。

「じゃあ、僕にも二枚」

「おう、あおいちゃんにはマンガに泰造を出してくれって頼んでくれよ。西山さんもぜひどうぞ」

「あぁ、ありがとうね。聴かせてもらうよ」

公太が化け物みたいなものに驚かされて、泰造の、このミニアルバムの見本盤が入った袋を盗まれた。いや盗まれたのかどうかはわからないけど、なくなっていた。

けれども、それが駅前の〈溝口《みぞぐち》楽器店〉の裏口に袋ごと置かれていた。そこの店主は泰造のことはもちろんマネージャーになった公太のことも知っていたし、中に入っていたのが見本盤だというのも職業柄すぐにわかったので、びっくりして公太に電話してきた。

それを取りに行ってきて、今戻ってきたところだ、と。

「化け物、ねぇ」

CDを手にしながらそう言ったら、公太が俺をわざとらしく睨《にら》んだ。

「わかってるよ。疑ってるわけじゃないぜ」

「頼むぜ親友」

親友かよ。

まぁ確かにそんな嘘を公太が言うはずもない。だから、どっかのバカが変なことをやらかしているのは間違いないんだろう。

それに。

「実はな、巡」

「うん」

「話そうと思っていたんだが、うちにも化け物の話が来てるんだ。変なものを見てしまったってな」

「本当に？」

巡が眼を丸くするので頷いた。

「マジでか」

「マジだ」

公太に言うと、西山さんが眼を細めて俺を見た。

「それは、いつのことですか？　詳しく聞かせてください」

「話を聞いたのは二日前ですね」

間違いない。

「十三回忌ってことでお経を上げに行ったんですよ。八条《はちじょう》三丁目の川田《かわた》さんってお宅ですね」

「川田さんね」

西山さんが素早くメモをしている。

「十三回忌とは言っても、家族が集まってただお経を上げるだけのごくごく簡単なものです。故人はそこの旦那さんですね」

「ご家族は？」

「奥さんと息子さんと娘さん。お孫さんもいますけど、学校があるので来ていませんでしたね」

なるほど、と頷きながら西山さんがメモをする。

「化け物を見たのは、その奥さんか？」

巡が訊いたので、頷いた。

「読経《どきょう》が終わって、説教という名の世間話をしていたのさ。川田さんの奥さんは話好きでね。そのときは俺も後の予定はなかったから、のんびりと相手をしてあげていた」

「檀家《だんか》さんの相手をするのも坊主の大切な仕事だもんな」

公太が言うのでその通りと頷いた。

「それで、奥さんがそういえばね、と言うのさ。家の前の道路で変なものを見たんだけど、あれは電車に轢《ひ》かれて死んだ人の幽霊かあるいは妖怪の類《たぐ》いじゃないかってね。お坊さんはそういうもののお祓《はら》いをしてくれるのかって」

「そんなのを見たのか？　そのオバサン」

「見たらしい。十三回忌の二日前の夜だ。ほら、暴風警報が出てやたら風の強い晩があったろう」

「あったね」

「夜の九時だか十時過ぎだか、とにかくその辺の時間に窓の外で大きな音がしたんだそうだ。玄関先に置いといた自転車が倒れた音だったとすぐにわかって、外に出た。まぁ本当に風が強いわー、ってんで案の定、倒れていた自転車を持ち上げて、今度は倒れないように家の方に寄せていたら、ふと後ろで何か気配がしたそうだ」

「振り返ったら！　ってことですか！」

嫌そうな顔をしながら泰造が言う。

「その通り」

「何がいたんだ？」

「白い、変なものだってさ」

「白い、変なものか」

巡と西山さんが顔を見合わせた。

「やっぱり、白ですね」

「そうだな」

「共通点か？」

訊いたら巡が頷いた。

「今のところな。どんな形をしていたのか訊いたか？」

「わからん、と言っていた」

とにかく白くてふわふわしているようなものが、線路脇のところでフラフラとしていたそうだ。

「ふわふわで、フラフラか」

「そうだ。ふわふわでフラフラだ」

結局よくわからなかったけど、白くて軽いものってところだけは間違いないだろう。

「びっくりして叫びながら家の中に飛び込んだらしい」

「他に目撃者はいなかったのかね？」

「いません。普段は一人暮らしですから。心臓がばくばくして誰かに知らせようと思ってもう一度見てみたら、もういなかったと」

　そういうのは化け物で、お祓いとかしたらいなくなりますかねぇ、と言うから、何とも言えませんがとりあえず拝《おが》んでおきましょうと。

「拝んだのか」

「それしかできないだろう。それだけの話じゃ何にもわからないんだからさ。家の前に出て眼の前にある線路に向かって短いお経を読んでおいたよ。奥さんもそれで満足してたからそれでいいかと」

　ふぅむ、と、西山さんが唸《うな》る。

「違うパターンではあるね。驚かされたが、何かをなくしたわけじゃない。そうなんですよね？」

「そうですよ。ただびっくりしただけです」

　それだけでも充分困ったものなんだが。

「なんスかね。俺は別に被害もなかったんだし、いいっスけど、イヤですねその化け物みたいなもの」

　泰造が顰めっ面をして言う。こいつは顰めっ面をしても愛嬌がある顔になるからおもしろい。

「これはもう被害届を出してもしょうがねえよな？」

公太が言うと巡が頷いた。

「こうしてどういうわけか戻ってきたんだから、どうしようもないね。誰かが中身を見て、音楽のＣＤだからそれを売ってる楽器屋さんに置いておいたんだろう、って話になってしまう」

「そうだよな」

そういうことになるのか。

「後は僕たちに任せてもらうよ」

「どうするんだ。捜査をするのか？」

いいや、と、巡は首を横に振った。

「まだ事件にはできないんだ。公太と一緒に現場にも行ってきたけど、もちろん手掛かりは何もないし、そもそもその〈化け物〉の存在を確定できない。でも、お前の話でこの十日間で四件目の〈化け物〉の目撃者が出た」

巡が西山さんを見ると、西山さんも頷いた。

「他の二件も改めて確認したんですが、なくなっていた荷物は戻ってきていたんですよ」

「戻っていた」

「本人たちの手に届いていなかっただけでね。署に届けられた遺失物の中にありました。

中身を確認してもらいましたけど、そもそも金目のものは入っていなかったのでね。被害はないんですよ。ですから」

うーん、と唸って、唇を歪《ゆが》めた。

「下手に市民の皆さんに〈化け物の目撃例がありますから注意してください〉と、注意喚起しても、こういう時代ですからね。ＳＮＳとかでイタズラが広がっても困ります。他の犯罪に繋がりかねない」

「ですね」

「なので、とりあえずパトロールを強化するぐらいしかできませんかね」

「そうなりますね」

そうなるか。


公太と泰造と三人で交番を出て、寺の境内を歩き出した。二人ともそれぞれの家はこの中を抜けた方が少しは近い。

「せっかくの新譜に変なケチがついちまったな」

ＣＤをひらひらさせると、泰造が笑った。

「いやぁ、かえって厄払《やくばら》いができたってもんじゃないスかね？」

「お前はネがデブなのにどこまでもポジティブだよな」

「それを言うかぁ」

笑った。

「おっ」

ＬＩＮＥだ。スマホを取り出すと、杏菜ちゃんからだった。

「杏菜ちゃんだ」

おう、って二人でニヤリと笑って、じゃあなと手を振った。

「何かわかったら教えてくれって、巡にも言ってくれ」

「わかった」

似ていない兄弟の背中に手を振った。

それでも、二年前よりずっとその背中の雰囲気が似かよってきたと思う。重なってきたとでも言えばいいか。いいことだと思う。元々が仲の良かった兄弟なんだ。しばらく離れていたのも、お互いを見つめ直すいい機会になったんじゃないか。

そう、ＬＩＮＥだ。

【戻りました？】

【帰ったよ】

【お疲れ様です】

【うん。卒業おめでとう】

もちろん、アラサーの坊主だってＬＩＮＥスタンプぐらい使う。

【ありがとう】

もちろん、若い女の子はバンバン使う。

【式の帰りに交番に寄ったんだけど、宇田さんもいなくて。何か公太さんも来ていたみたいだったけど】

【そうそう。話は聞いた？】

【何も。ちょっと事件っぽいものがあったみたいだけど、大したことではないって西山さんが】

そう、まだ大したことじゃないし、下手に杏菜ちゃんに話して広がってしまっても拙《まず》いだろう。

【大丈夫だよ。本当に大したことじゃない。もう解決したみたいなもんだから気にしないでいい。きっと巡もあおいちゃんにはそう言うはず】

【わかりました。あのね、ちょっと電話していいですか？】

【いいよ。今は境内に一人でいるから】

すぐに電話が掛かってきた。

「はい」

（杏菜です）

わかってるけど、頷く。

「どうした？」

（内緒の話でお願いしたいんですけど）

「いいよ」

（誰にも言わないでください。特に宇田さんには）

巡に？　何だろう。

「わかった。いいよ。あおいちゃんに何かあった？」

（そういうことじゃなくて、あのですね）

「うん」

（巡さんは、元刑事さんですよね？）

「そう。元は刑事」

（どうして交番勤務になったのかって、行成さんは聞いてますか？）

あぁ、その話か。

「いや、詳しくは俺も聞いてないんだ。本人が話したがらないし、それなら無理に訊くようなことでもないからね」

（そうなんですか）

少しがっかりしたような声。何だろう。

「あおいちゃんが、知りたがっているとかそういうこと?」

(そうじゃないんですけど)

だよね。それならあおいちゃんが巡に訊けばいいだけの話だろうし。

「気になることでもあったのかい?」

少し沈黙があった。あおいちゃん絡みなんだろう。それはすぐにわかった。杏菜ちゃんが巡の過去を知りたがるはずもない。

杏菜ちゃんとあおいちゃんは、本当に仲良しだ。付き合い出して知り合うほどにそれがよくわかった。きっと、俺と巡みたいな感じだ。ただ、気が合う。お互いにお互いのことがよくわかる。おまけに彼女たちは幼稚園からずっと一緒だ。小学校中学校高校と、全部一緒に過ごしてきた。

女の子同士だから、きっと男同士よりもその結びつきは深いような気がする。まぁそれは気がするだけだけど。

「あおいちゃんに何か気になることがあったのか?」

(今日の帰り道なんですけど、変な人がいたんです)

「変な人?」

(あおいの話では、刑事さん)

刑事さん?

（その人が、巡さんを見張っていたんじゃないかって）

「見張っていた？」

何だそれは？

「あおいちゃんがそう言ったのか？」

（そうなんです）

☆

密かに交番を見張っていた刑事、か。

あおいちゃんがそう言ったのなら、あの掏摸の腕を使って胸ポケットにあるものを警察手帳だったと言い切ったのなら、間違いない。

そして、どう考えても刑事が一人で交番の警察官を見張るなんてことは、異常なことだと思う。

「いや、わからんけどな」

納戸《なんど》の中で一人で呟《つぶや》いた。

警察の内部の事情なんて、それこそいろんな小説や映画やマンガの題材にはなっているけど、本当のところは現場の人間にしかわからないものだろう。それに、それぞれの地方で、各警察署によっていろんな事情があるから一概にこうだとは言えないだろう。

それは、寺も同じだ。

同じと言い切ると問題もあるが、警察も寺も、ひとつの大きな組織であることは間違いないんだ。しかも警察には警察の掟《おきて》が、宗教にはそれぞれの宗教の掟みたいなものがある。宗派の違いで大きく異なるものもある。

いずれにしても、巡が何らかの警察の裏側の事情でここの交番に飛ばされてきたのは間違いないんだ。

巡は絶対にその理由を言わないだろう。あおいちゃんが心配して訊いたとしても、言わない。それは前に訊いている。

しかし、もしも刑事が巡を見張っていたのなら、その理由は間違いなく〈裏側の事情〉だろう。それがとんでもないものだったとしたら、もしも危険なものであるのなら、確かに見張っていることを誰かに知られたのなら、今度はその誰かが危ない目に遭うかもしれない。だから、黙っていた方がいいとあおいちゃんに言ったというさくらばあさんの話もわかる。

わかるけれども、それを知ってしまった以上は、素知らぬ顔をして巡と毎日顔を合わせるわけにもいかない。

あいつの勘は、きっと俺が何かを隠しているのを見抜く。

見抜かれてから話したんじゃあ逆効果だ。下手したらあいつはもうあおいちゃんとは会わないとか言い出すかもしれない。

俺は、若い女の子が悲しむ顔なんか見たくない。特にあおいちゃんと杏菜ちゃんのは。だったら、いろいろと下準備をしてから、あいつが隠していることを話せと逆に問い詰める。問い詰めて吐かせて、すべてが平穏無事に終わる道を探させる。

「あぁ、これだ」

この〈東楽観寺〉に伝わる〈覚書《おぼえがき》〉。

どういう事情かは皆目わからないけど〈東楽観寺前交番〉に赴任してくる警察官の情報がすべてこの寺に伝えられる。だから、代々の交番勤務の警察官の履歴がここには綿々と書き連ねられている。

宇田源一郎《げんいちろう》巡査部長も、巡の祖父も警察官だった。そして、この町に縁があったのは間違いない。

実際にここで交番勤務をしたかどうかは、巡も覚えてはいなかったし訊いてもいなかったらしいけど、可能性はあるんじゃないかと思った。

「やっぱり読めないな」

解読しなきゃこの先代住職の、じいちゃんの達筆過ぎる字は読めない。読めないけれど、人名ぐらいはわかる。

過去五十年ぐらい遡《さかのぼ》れば、〈東楽観寺前交番〉に赴任してきた警察官の名前は全部わかるだろう。

「西山孝造《こうぞう》さんな。そうか西山さんは孝造さんだったか。芦田雄介《あしだゆうすけ》さんに、あーとこれは何だ、石田誠《いしだまこと》さんか」

随分とたくさんの名前が出てくる。その履歴もずらずらと書いてある。ひょっとしたら巡のじいさんと同期の人もいたんじゃないか。

「これは、浜本、晋一郎《しんいちろう》さんかな?」

七　市川公太《いちかわこうた》　音楽事務所社長

客商売ってのは、何でも同じだと思うよ。

結局のところはてめぇんところのお客さんにどれだけ喜んでもらえるかが勝負に、いや商売になるんだよ。それは水商売だろうと他のどんなもんだろうと同じさ。

喜んでくれるお客さんが多いか少ないか。

そこだけだ。そこだけが肝心《かんじん》。

百人のお客さんが喜んでくれるのと千人のお客さんが喜んでくれるのとじゃあ、もちろん実入りが全然違う。一万人だったらなおさらだ。

それが水商売だったらどんどん自分の店を増やしていくのが実入りも増えるだろうし正しい商売のやり方だけど、音楽は少し違うな。

いや音楽だけじゃなくて、誰かの才能だけで勝負するってものは、ちょいと違う。

音楽で商売するってのは、難しい。

「いくつになっても勉強は大事だって思ったよつくづく」

「そりゃそうだ」

君和《きみかず》伯父さんが頷いた。

泰造の見本盤を持ってきた、社長室とは名ばかりのスーパーの裏側にある事務所の一角。ベニヤ板でついたてを作っただけのところで、そのベニヤ板も前は野菜を一皿いくらで載っけて売っていた板の流用だよね。

そういうところが貧乏臭いって思ってたけど、違うよな。これが正しい商売のやり方だ。誰も見ていないところに金を掛けるのはバカなやり方だよね。

「俺だってこの年でも毎日世の中の動きってのを勉強してんだぞ。それでもいくら勉強したって商売が上手《うま》くいくわけじゃない」

「だよねぇ」

伯父さんのスーパーもまぁ業績は上げてはいるものの内情はカツカツだ。それは以前に泰造からも話を聞いてよく知っていた。

それでも、二十何歳で商売始めて自分一人で、一代でここまで店を大きくして何十人ものパートさんを雇って維持してるってのはスゴイよ。俺だって商売を今までやってきたんだからそのスゴさはよくわかる。

「今までさぁ、正直言ってしょうもないなぁって思っていたけどさ。伯父さんはスゲェよね。改めて尊敬するよ」

「気持ちわるいぞお前」

伯父さんが笑う。

〈スーパーいちかわ〉はもちろんスーパーだから食料品を売ってるのはあたりまえなんだけど、泰造のアルバムも置かせてもらうことにしたんだ。もう一年も前の話だよな。

もちろん、お店で流れるBGMも泰造のアルバムからだ。BGMどころか〈スーパーいちかわsuper〉ってお店のテーマソングを泰造に作らせて、そのMVも〈いちかわ〉の店内を使って撮影して流している。

これがまたウケてんだ。

YouTubeでの再生回数も増えまくった。

ここだ！　ってんで、俺は泰造とも仲が良いインディーズで出してるミュージシャン連中のアルバムを集めて〈スーパーいちかわ〉の中に〈ミュージックゾーン〉を作らせたんだ。ＣＤやらＤＶＤやらを集めた単なる棚だけどさ。

　これがまたそこそこ売れてんだよね。

　しかも音楽好きの若いもんが〈スーパーいちかわ〉に来てＣＤを眺めていった後に他の買い物をしていくし、今までそんな音楽に縁のなかったおじさんおばさんおじいちゃんおばあちゃんも試聴盤を聴いてみてこりゃええわって買っていってくれるし、地元の雑誌やラジオでもおもしろいってんで〈スーパーいちかわ〉が取り上げられて、伯父さんも随分《ずいぶん》気を良くしてくれてんだ。

　そういうところはね、我ながらやっぱり俺も才覚があるなって思うよ。ひょっとしたらこの才覚は伯父さん譲り、つまり市川家のＤＮＡなのかもな。

　泰造は今まで伯父さんの仕事を手伝ってきたけど、俺もいろいろ世話になったのに何もしてこなかったからさ、少しでも恩返しできたかなぁって思うよ。まぁ売ってるのは泰造のアルバムだから俺にしてみりゃあ、おんぶに抱っこなんだけどね。

「まぁ確かにな、泰造みたいにな、音楽で金を稼ぐってのはスーパーで野菜売るのとはまた違うわなぁ」

「そうなのさ伯父さん」

　泰造には確かに才能がある。

おもしろい曲を作れるし歌える。

「あいつはエンターテイナーなのさ」

ただのミュージシャンじゃない。つまり、ただ感動したりする曲を作れるだけじゃない。いやそれだけでも確かに凄いことなんだけど、あいつは観る人を楽しませることもできるミュージシャンなんだ。

「芸人みたいなもんだよな」

伯父さんがそう言ったけど、まさにそうだ。芸を持ってる男なんだ。ただ感動する曲を歌うミュージシャンなら俺の出る幕なんかないさ。放っておきゃあ、運が良ければ、時代が呼べば、勝手に売れてあいつは金持ちになれる。

でも、あいつは違うんだな。

あいつが楽しいと思う曲を作ってそれを楽しいと思える人をたくさん巻き込んでいって、このくそったれな時代に新しい土地を切り開いていかなきゃならないんだ。そういうことができるミュージシャンなんだ。土地を切り開いて売り込んでいくのには、俺みたいな不動産屋が必要なんだって思うよ。

既定路線に凝《こ》り固まったメジャーなんかじゃできない芸当を、やっていかなきゃならない。

「脱ミュージシャンに奪ミュージシャンなのさ」

口で言っても伝わらないから紙に書いたけどさ。伯父さんは、うむ、とか適当に頷いていた。その辺はセンスの問題だからな。

「まぁ兄弟が力を合わせて頑張るのは、いいこった。でも、お前、弁護士の勉強はどうなんだ」

「そりゃもちろん」

ちゃんとやってるさ。

「別に泰造に一生食わせてもらおうなんて思っちゃいないよ」

俺がやってるのは、あくまでも場所作りだ。一気にメジャー感が増してきた〈市川泰造〉っていうアーティストの場所にしっかりと囲みを作ること。

「落ち着いたら、誰かに事務所を任せて俺はしっかり弁護士になるさ。何年掛かったってね」

いいこった、と、伯父さんは頷く。

「俺も安心さね。ところで前から訊こうと思ってたんだが、何で弁護士なんだ？　いや、お前たちが二人とも元々頭は良いんだっていうのは知ってたけどな」

そう思うよね。さんざん小狡《こずる》いことやってきたってのにな。

「まぁ」

本当のところを言うのは恥ずかしいし、巡や行成にも話してない。でも、伯父さんは身内だからな。実の父親よりも俺のことを可愛がってくれたし。

「小学生の頃にさ、カッコいいって思ったんだよ」

「弁護士をか?」

そうなんだよな。

「内容はまったく覚えていないんだけどさ。家族揃って観ていたテレビドラマがあったんだ」

あの頃はまだ俺も素直な子供だったと思うぜ。親父とおふくろと、本当に小さかった泰造と。

「そのドラマではさ、弁護士が悪を倒すんだ。今思えば現実じゃああり得ない設定なんだけどさ。まさしくヒーローだったんだよ」

俺にとってのヒーローは戦隊ものやアニメじゃなくて、弁護士だった一時期があったんだ。

「あることをきっかけにしてさ、それを思い出しちまってさ」

「そういうことか」

伯父さんが笑った。

「そういうことなのさ。でさ、伯父さん」

「おう」

「理解してもらったところで、俺が司法試験を本格的に受ける頃になったら、つまり泰造の事務所である〈オフィスいちかわ〉がさ、軌道に乗ったらさ」

「〈オフィスいちかわ〉っていうのか？　お前たちの事務所は」

「そうだよ」

知らなかったのかよ。名刺渡したよね。

「そんなセンスでいいのか音楽事務所が」

いいんだよ。っていうか、最初からそれがいちばんいいって思っていたんだ。

「伯父さんが、社長になってくれよ」

「あ？」

「マネージメントはもちろん現場の人間がやるからさ。〈オフィスいちかわ〉の社長にそのまま就任してくれよ。つまり〈スーパーいちかわ〉との合体ね」

「合体って」

それがいちばんいいと思うんだ。伯父さんは眼を真ん丸くしたけど、そこは商売人だよね。すぐに頭の中で状況を整理するのがわかったよ。

「つまり、事務所としてここを使って、経費も節約するわけだ」

「その通り！」

今は〈飯島団地〉の俺の部屋が事務所になってるからね。

「もしも軌道に乗ってきたらさ、軌道に乗るってのはたとえば泰造がメジャーからアルバムを出したり、他にも所属ミュージシャンが増えてマネージメント業務が増えたら、あそこが事務所だと何かと外聞も悪いからさ」

「確かにな」

別に団地が悪いわけじゃないけど、どんどんスラム化しているあそこじゃあ広がりってもんがない。俺もそのうちに引っ越そうと思っているんだ。子供の教育上よくないって思うところも多いからさ。

「伯父さんにとっても悪い話じゃないと思うんだけどさ。どう？」

手をヒラヒラさせて笑った。

「可愛い甥《おい》っ子たちが頑張ってるのを応援しないわけにはいかんだろ。ただし、ちゃんと軌道に乗ってからだぞ。経理は一緒にやるとしても財布は別々だからな」

「もちろんさ」

伯父さんに迷惑掛けるつもりはこれっぽっちもない。

「むしろ音楽事務所の代表とスーパーの社長を掛け持ちする有名人にさせてあげるぜ」

ＮＨＫとかの番組に出させてあげる勢いさ。

「まぁ、期待してるよ」

そう言って煙草を取って火を点けようとした。

「そういえばな、公太」

「うん」

顔をちょっと顰めた。

「〈飯島団地〉だけどな」

「なに」

「この間、配達に回ったときにな、変な噂《うわさ》を聞いたんだが、お前の家では何か聞いてないのか」

「変な噂?」

あそこは変な噂の宝庫だけどな。

「どんなの?　変な臭いのする部屋があるとか?」

「そんなのあるのか」

「あるっていうか、それニュースにもなってるから」

独居老人の孤独死とか。多いからさそういうの。まだ死んでないけどその一歩手前の連中が多いってのも事実。

「そういうんじゃなくてな、夜中にＵＦＯが飛んでるって話だぞ」

「ＵＦＯ?」

なんだよその楽しそうな噂。

「マジな話なの？」

伯父さんが煙草に火を点けながら頷いた。

「本当らしいぞ。何でも最近夜中にＵＦＯが団地の上を飛んでるんだってさ。フワリフワリとな」

「フワリフワリ？」

ＵＦＯってそういうふうに飛ぶのか。いやＵＦＯの本物を見たことはないからわからんけどさ。

「それでな」

「うん」

「そのＵＦＯから宇宙人みたいなもんが出て来てな」

「宇宙人もかよ！」

「宇宙人もなんだよ」

「出て来てなにしてんの宇宙人」

「それがな」

伯父さんが真面目な顔をしてテーブルに身を乗り出してきた。

「俺も気になったのはここからなんだよ。妙に具体的でさ」

「うん」

「UFOから出て来た宇宙人が、部屋の中に窓から入っていくんだってさ。そして、宇宙人に入られた部屋の住人がいなくなってるんだって」

「マジか」

「マジだ」

伯父さんが頷いた。

「誰とは言わないが、配達しているところはちゃんとした人ばかりだよ。あそこだって全部が全部〈スラム団地〉じゃないんだからさ」

「そうだよ」

真っ当な人間だってちゃんと住んでいる。俺のところがそうだ。ちゃんと管理組合があって古いけどまともな暮らしができるようになっている。

「そういう人が、言うんだ」

「ホラじゃないってことか」

「たぶんな。UFOじゃないにしろ、そんなふうに思えてしまう何かがあるのかもしれないぞ。ほら、同級生のお巡りさんにも言っといた方がいいんじゃないのか？　パトロールした方がいいとかな」

それで、ピンと来た。

フワリフワリと飛ぶUFO。

俺を驚かせた音もなく現れた化け物。

誰かさんを驚かせたふわふわでフラフラの化け物。

同じじゃないのか？

八　宇田巡　巡査

たぶん一般の人たちは、警察官の休みには〈非番〉と〈休日〉の二種類があるとは知らない。

非番、というのは、基本的には当直の二十四時間勤務明けの日のことだ。

つまり、たとえば朝の九時から次の日の朝の九時まで当直として交番勤務したとして、その勤務が終了した日が〈非番〉だ。朝の九時に終わって家に帰ればその日一日は休みになるけれど、ほとんど寝ていないんだから帰ってすぐに眠ってしまうという人も多い。

もちろん、二十四時間勤務といっても休める時間はある。仮眠できる時間帯はあるものの、何かがあればすぐに起きて対処しなきゃならない。その他にも実は書類書きの仕事がたくさんある。警察官の業務の三分の一は書類を書いていると言ってもいいぐらいだ。だから、当直の場合はほとんど寝られないことが多いんだ。

そして休日は、文字通りの〈休日〉だ。

前の日の勤務を午後六時に終えたとしたら、家に帰って「明日は休みだ！」と、ごく普通の会社勤務の人たちと同じ気分を味わいながら休める一日。

友人と酒を飲みに行ってもいいし、一日中部屋でゴロゴロしていたっていいし、日帰りで小旅行に行ったっていい。まったくの自由なんだ。

でも、そうは言っても、警察官だ。

非番の日でも呼び出しが掛かることもあるし、休みだからと言って飲み歩いていると突然事件が起こって招集が掛かることもある。

地元で事件が起こったら、第一報で最初に駆けつけなきゃならないのは、その所轄の交番勤務の警察官の場合がほとんどだ。

事件は殺人とか強盗とかの大きなものではなくても、繁華街《はんかがい》でケンカをしているとか、路上で寝ている人がいるとか、空き家なのに電気が点いているとか、そういうささいな案件であっても通報があれば駆けつけなきゃならない。市民の安全を守り不安要素に対処していく。それが、警察官の仕事なんだ。

小さな交通事故が三件も四件も重なって、手が足りなくなって非番、休日関係なくほぼ全員が呼び出されるなんてこともないわけじゃない。

そして、何せ〈東楽観寺前交番〉の若手警察官の住まいはその交番の真裏なのだから、ほとんど交番に住んでいるも同じ。

「気分的には駐在所と同じですよね」

僕の横に座ったあおいちゃんが言う。

〈東楽観寺〉の境内には大きな石が四つある。何でもこの寺を建立《こんりゅう》する際に地面の中から出て来たもので、子牛ぐらいの大きさがあるんだ。これがまた二人で並んで座るのにはちょうどいいような感じで、お寺の東西南北を守る四神のように置くことになったとか。

それで、それぞれが東牛《とうぎゅう》、西牛《せいぎゅう》、南牛《なんぎゅう》、北牛《ほくぎゅう》と呼ばれて、誰でも自由に座って休憩していいようになっている。門にいちばん近い、つまり僕の住む家の玄関を出てすぐのところにあるこの西牛は座る人も多くて表面もつるつるになっている。

「そういうことだね」

あおいちゃんが作ってきてくれたお弁当、今日の朝ご飯は五目おにぎりとチーズおかかのおにぎり。おかずにはレタスとタマネギにカリカリに焼いたベーコンのサラダ、昨日の晩ご飯の残りなんだというカボチャの煮物、そしてだし巻きたまご。デザートにリンゴ。

晴れた日の境内で二人で食べる非番の日の朝ご飯も、すっかり日常になってしまった。

そもそもは、警察官が高校生と表立ってデートするわけにはいかないので、お寺の境内でお話をしている分には何の問題もない、っていうところから始まった〈朝ご飯デート〉

だけど、これはこれでずっと続いてもいいよなぁと個人的には思う。

「駐在所って、基本夫婦で行くんですよね」

ちょっとなんか嬉しそうな顔をして僕を見て言った。

「そうだね。夫婦が基本というか、家族でだね」

奥さんと子供たちも一緒にその勤務地の駐在所に引っ越ししていく。通常は三年とか五年とかいう期間で転勤があるので、子供たちも転校が多くて大変なんだという話は、先輩警察官から聞いたことがある。

「最近は、両方とも警察官というのもあるんだよ」

「夫婦で警察官ですか？」

そうなんだ。

「夫婦で警察官というより、いわゆる職場結婚だね。たまたま同じ署で勤務していた警察官同士で付き合って結婚して、そして上の方から駐在所勤務をやってみないかって言われるパターン」

「それ、いいですね！」

また嬉しそうにあおいちゃんが言った。

「まぁ、どのみち駐在所勤務の警察官の配偶者には、駐在の仕事を補佐してもらわなきゃならないからね」

「電話番とかですか」

「そう」

電話番から、旦那さんがパトロールに出かけている間の留守番などの付帯業務。

「大昔の話だから今はないだろうけど、拳銃の手入れも奥さんに任せてたなんて話も聞いたことがあるよ」

「スゴイ！　でもどっちも警察官ならカンペキですよね」

「そうだね」

確かに駐在所で夫婦で警察官というのは、仕事としては理想形に近いだろうけど。

「結婚したことはないからわからないけど、警察官の仕事はよく知ってる。だけど、それを夫婦でやってるっていうのは、想像つかないなぁ」

本当にいいんだか悪いんだか。

「マンガ家さんでもご夫婦でやってらっしゃる方がいますよ！」

「あ、そうなんだ」

「けっこう楽っていうか、お互いにお互いの仕事がわかっているから、生活はしやすいってエッセイマンガで描かれてました」

そう言いながら、あおいちゃんはいつも持っているデジタルカメラを構えて何枚か風景を撮っている。

見慣れた〈東楽観寺〉からの景色なんてどうするんだろうと思うけど、マンガ家さんの背景の資料なんだろう。

「まぁ家で商売をやっている人なら、それがあたりまえなんだろうけどね」

「杏菜の家もそうですよ。お母さんも車の整備ができるんですよ。普段は経理なんかをやっているけど」

「あ、そうだったんだ」

それは知らなかった。

また、写真を撮る。

「締切が近いの？」

訊いたら、あおいちゃんが軽く首を横に振った。

「もう三話分描き溜めてあるから、ヨユーですよ。どうしてですか？」

「いや、随分写真を撮っているから、資料かなと思って」

あ、と、言って照れくさそうに笑った。

「ごめんなさい」

「いや、いいんだよ」

あおいちゃんと付き合うようになって、本当にマンガを描くことが好きで好きでしょうがないっていうのはよくわかった。

そして、どんなことをしていても常に意識がマンガのためになることを探している。探しているというか、呼吸をするのと同じぐらいあたりまえにそういうものを吸収している。

マンガ家に限らず、表現をする人たちってそういうものなんだろうなぁとつくづく思った。きっと僕とこうやってデートしているときも、無意識のうちにカレシとしてではなく、警察官という職業に就いた人間として観察している部分もある。

それは、実は警察官と同じようなものじゃないかなって思う。

警察官になるような人間の多くは、警察官になるべくしてなった部分があると思う。それは、無意識のうちにその人を観察してしまうことだ。そうしようと思っていないのにやっている。

観察して、判断する。それは警察官にとって重要な資質だ。

そしてマンガ家さんは、観察して、描く。

本物のマンガ家さんっていうのは、描いた表情ひとつでその人間の本質の部分を読者に伝えられるものだろう。それぐらいの観察眼がないと本物にはなれないんじゃないか。絵の上手い下手は別にして、そこに込めたニュアンスが読者に伝わってこないとプロにはなれないだろう。

「巡さん」

「うん？」

あおいちゃんがお弁当のタッパーの蓋《ふた》を閉じながら言った。

「もう刑事には戻ろうと思わないんですか？」

ちょっと首を傾げながら、微妙に唇をふにゃふにゃさせる。思わず苦笑してしまった。

たぶん、ずっと疑問に思っているであろうこと。

「戻れるなら、戻ってもいいなぁとは思うよ」

「それは、やっぱり刑事の仕事がやりたいから？」

「うーん」

唸ってしまった。そう真っ向から訊かれると少し困るけど。

「交番勤務のお巡りさんの仕事を軽んじているわけじゃないよ」

それは、断じて違う。どんな仕事であろうと、それは警察官の本務だ。

「むしろ、犯罪を防止したり、市民の皆さんの役に立ったりすることが実は警察官の主たる役目だって思ってる」

「抑止力ですよね」

「そういうこと」

人間は、皆が善人じゃない。善人の心の中にだって闇はある。その闇を穏《おだ》やかな光で包み、表に出さないようにして皆が平和に暮らせるようにすることが、警察官の存在意義だと思っている。

「でも、何もかもそんなふうに上手くはいかない」

言うと、あおいちゃんも頷いた。

「犯罪に走ってしまう人がいる。他人を傷つける者がいる。そういう人間を見つけ出して捕まえる。それを毎日毎日ずっと仕事として続けていけるのは、ある程度限られた人間だけなんだ」

マンガを描いてたくさんの人を楽しませることのできる人が、ほんの一握りしかいないのと同じように。

「自分が刑事というまさしく猟犬のような仕事をずっとやっていける人間の一人だとは、自覚している」

「じゃあ、やっぱり、巡さんは刑事に戻るべきなんですよね」

「どうかな」

「戻れないんですか？」

今度は真っ直ぐに僕を見て訊いた。今日はその話をしたかったのかな。

「戻れない、かな？」

「かな？」

苦笑いでごまかすしかない。あおいちゃんは、マンガ家としての正しい資質を備えている女の子だ。頭が良くて、知識欲も旺盛《おうせい》で、そして観察眼も鋭い。

でも、まだ高校を卒業したばかりの女の子だ。

警察という組織の中にある闇は、そういうものが存在すると、マンガのネタとしてはわかっていてもいいけれど、本当のそういうものにあおいちゃんを晒《さら》すわけにはいかない。

「ヘマして飛ばされたようなものだって、前にも言ったけど」

「うん」

「それは本当なんだよ。僕は、ヘマをしたんだ」

考えが甘かった。

「僕を刑事に推《お》してくれた人がいるんだけどね。その人のためになるかと思ったんだけど」

その人の立場が危うくなるようなものを、僕は見つけて、そしてそれを隠さなきゃならなかった。

その人のために。

九　天野さくら　金貸し

時の流れは残酷だって言うけど、本当さね。

あんなにも時代の最先端を走っていたはずの〈団地〉ってものも、何十年も経つとまるで巨大な墓の群れみたいに見えてくるってのはね。

「文明の皮肉ってものかね」

「何ですか、それは」

「家も墓も結局は同じじってことだよ」

人が入っていくものを四角四面で作ろうとした文化文明は、結局は人間ってものを箱に押し込める形で終わらせちまうことになったってね。

浜本晋一郎が、唇を歪めて首を横に振った。

「相変わらず、難しくてわけのわからんことを言いますね」

そう言いながら慣れた手つきで急須《きゅうす》を軽く回すように揺らして、湯呑みにお茶をそっと注《そそ》いだ。

〈飯島団地〉の浜本の家。ここに暮らしていたのは知ってはいたけれど、今も一人で住んでいたとはね。

「何十年になるんだい」

「何がです？」

「ここで暮らしたのは」

さて、と、湯呑みをそっと置きながら首を捻《ひね》った。ありがとね、と言いながら湯呑みを持ってお茶を一口飲む。あら、美味《おい》しいじゃないか。旨いお茶を淹れられるんだね。

「結婚してすぐでしたからね。もう六十年じゃないですかね」

「六十年かい」

それだけ経ちゃあ、コンクリートもぼろぼろになっていくってものだね。

「しかしまぁ」

浜本も湯呑みを持って、少し笑った。

「まさか生きている間にまたお会いできるとは思いませんでしたね」

「なんだいそりゃ。そんなにあたしに会いたくなかったかい」

「そうじゃないですよ」

お茶を一口飲んだ。

「むしろ、嬉しかったですよ。昨日、電話を切った後に、久しぶりに一人でにやにやしている自分に気づきました」

「何でにやにやできたんだい」

「昔馴染みと話して、ここにね」

胸の辺りをぽん、と軽く右拳で叩《たた》いた。

「温かいもんを感じている自分がいてね。あぁまだこんな思いを味わえるぐらいには生きてるのかってね」

まぁ、そうかね。

浜本の人生を考えたら、そんなふうに思ってしまうのもわかるね。善人なのに可哀想な人生を送っちまったよね。

それにしても。

部屋の中を見渡してみた。

「世捨て人のわりには、なんだい、部屋に少しは活気があるんじゃないか」

古いから間取りは広くていいんだよねこの団地は。確かに何の手入れもしていないから壁紙は煤《すす》けているしあちこちくすんでいるし、長居はしたくないって思うけれども。

生きた人間が暮らしている匂いはしているね。

浜本が、あぁ、と同じように見渡した。

「最近、居候《いそうろう》がいるんですよ」

「居候？」

「そうなんです。若いのが二人。男ですよ」

若い男の居候。

「どこで拾ったんだい」

「向こうから来たんですよ。団地の子です」

「自分の家にいたくない不良息子たちかい」

「まぁ、そんなようなもんです」

なるほど。

「あんたは昔っから若いのに好かれたよね、不思議と」

「そうでしたかね」

「忘れたかい。グンペイとかタイジとか、なんだっけね。ヨシアキだったかい。あんたの周りでうろうろしていたじゃないか」

ああ、と言いながら自分の腿《もも》の辺りを叩いて笑った。

「グンペイね、タイジにヨシアキね。いましたね」

懐かしいなぁと言う。

まだお巡りさんと町の不良どもが、身体でぶつかり合ってコミュニケーションみたいなものが取れた時代だったね。思えば単純でバカみたいな時代だったよ。

「今は、まったく付き合いはないのかい」

「ありませんね」

昔の知り合いたちとの縁は何もかも消えてしまったと言う。消えたというより自分から切っていったんだろうけど、それはまぁ言っても詮無《せんな》いことだね。

「ヨシアキなら今も元気だよ」

思わず、といった感じで笑顔になった。

「生きてますか」

「生きてるよ。今は七十ぐらいかね。一人息子の家で、孫を可愛がるおじいちゃんになってのんびり暮らしているよ」

そうですか、って頷く。

「嬉しいですね。さくらさんと会えて、昔の知り合いの消息も聞けるなんて」

今日はいい日だ、ってお茶を飲む。

「あんたも年の割には元気じゃないか。まだ頭もしっかりしてる」

何よりも眼に光があるよ。もう死んでいくだけの希望も何もない、ただ生きているだけの老人の眼じゃないね。

一緒に住んでいるという若者のお陰かね。

年寄りは若い連中と一緒に過ごすと元気になるっていうけど、本当だね。実際このあたしもそうなんだろうけど。

「今日はね、訊きたいことがあって来たんだよ」

うん、と、頷く。

「何でしょう。もっとも、ただ家に閉じこもっているだけの老人は世間のことなんか何もわかりませんけど」

「安心おし。大昔の話だよ。思い出してくれればそれでいい」

大昔、と、繰り返して呟いた。

「宇田源一郎を覚えているかい」

「宇田源一郎」

あぁ、やっぱりね。眼の奥の光がまた大きくなったよ。

「忘れるもんですか。宇田巡査部長」

「だろうね。近頃はまったく縁がなくなったのかい」

いいえ、と、少し首を捻った。

「何年前まででしたかね。年賀状やらのやり取りはありましたよ。それも、私の方から止めてしまいましたが、何でも施設に入られたというのは聞きました」

「じゃあ、孫が警察官になったのは知ってるかい」

こくり、と、頷いた。

「話には聞いていました。大変優秀なお孫さんだと」

「その孫が、この町にいるのは？」

「え？」

「〈東楽観寺前交番〉にいるんだよ。宇田源一郎の孫の宇田巡巡査が」

「あそこに？」

眼を細くしたね。何故？　という顔をした。

「知らなかったかい」

「いやまったく知りませんでした」

「でも、知っていたんだね？　宇田巡巡査が優秀だったことは」

そりゃあ、と、頷いた。

「話に聞いただけですが、いきなり刑事畑に持っていかれたってことは知っていました。それはさぞかしと」

「その辺の事情は、わかるかい？」

既に引退して久しい元警察官。

それでも、人徳ってやつだよね。あんたにいろいろと感謝している後輩たちは、いまや大ベテランか、お偉いさんばかりだろうさ。

十　浜本晋一郎　無職

いつもの、散歩をする格好で外に出た。薄曇《うすぐも》りだが、そよ吹く風がほのあたたかく心地よい。一生懸命歩けば少し汗を掻《か》くだろうから、のんびりと歩く。老人になるとあまり汗を掻いてはいけない。いや、いけないことはないが、そのままにしておくとすぐに身体が冷えてしまう。

だから歩くときには、汗を掻いたらすぐにシャツを取り替えられるようにしなければならないが、それは面倒臭いのでなるべくゆっくりと歩く。

〈東楽観寺前交番〉には、なるべく近づかないようにしていた。

いや、無意識の内に避けていたというのが正解か。

自分が昔何者であったのかを思い出すと、そんな仕事をしていたのに自分の息子、そして妻を救えなかったのかという思いにまた囚《とら》われる。だから、制服警官の姿を見たくないというのは本音だった。

だからといって、町を歩いているときにたまたまパトロール中の警察官を避けるような態度を取ると、たちまち職質などを受けてしまうかもしれない。そこは、注意していた。注意していたというかそれも習慣みたいなものか。

警察官は警察官を知る。

どうしていれば職質を免《まぬか》れるかは、身体に染み付いている。

日本の警察官は優秀だ。それは引退して二十年以上経った身でも自信を持って言える。だが警察が優秀かと問われると、躊躇《ちゅうちょ》する。

組織は、硬直する。どんなに揺るぎなく築き上げられたものでも、いや揺るぎないからこそ、硬直してそこに染みは浮き出る。

結局、どんなに優秀な警察官を育てても、その警察官を動かす組織が硬直していては何にもならないのだ。

そして、今の日本という国にその硬直した警察組織を浄化する力などないだろう。それはきっとどの国でもそうだと思うのだが。

私は、警察官でいるときに悪の組織が現れないものかと真剣に思っていた。たとえばバットマンの悪役のような。あれは何だったか、そう、仮面ライダーのショッカーのような。

そうすれば、警察官は一致団結する。悪の組織を叩きのめすためにまさしく一枚岩になり正義の心を燃やして真っ赤になる、と。

本気で思っていた。

それほどに、昔から、警察という組織に浮き出るどす黒い染みはあったのだ。

まぁしかし、あたりまえなのかもしれない。

人間は、愚《おろ》かだ。警察官になる人間が全員善の心しか持たないなどということは、ない。

人間は闇を持つからこそ犯罪が起こる。その犯罪を、警察官は取り締まる。犯罪者を逮捕する。

警察官は犯罪者を知る。だから、犯罪者の気持ちをよく理解する。理解できるからこそそこに染まるものもいる。

所詮は、いたちごっこをしているのだろう。

人間というやつは。

あれか。

〈東楽観寺前交番〉。立番をしている制服警察官がいる。あれが、宇田源一郎巡査部長のお孫さん、宇田巡査か。

老人が散歩をしているように、歩いていく。いや、実際に散歩をしているのだからそこは演技をする必要もない。

ゆっくりと、のんびりと歩いていく。

あの交番は私がいた頃とまるで変わっていない。老朽化《ろうきゅうか》は避けられないだろうに、いつまであのままで使用するのか。もっとも交番をそうそう建て替えるほどの予算はないだろうし、造りは実にしっかりしている建物だ。大事に使えば、まだ保《も》つのだろう。あぁ、だが入口はさすがに改装しているのか。窓もそうだな。その昔は奥の台所に七輪《しちりん》があって、そこで正月には餅《もち》などを焼いたものだが、さすがに七輪はもうないだろう。

ベンチがあるのか。私の頃にはあんなものはなかったのだが、さていつぐらいに置かれたものなのか。

そのベンチに座っている人がいるが、あれはお坊さんか?

作務衣のような衣服からしてもそうだろう。〈東楽観寺〉の僧侶のようだ。まだ若いから、跡取り息子だろうか。そういえば〈東楽観寺〉の今の住職は、さて、名前は何だった。

そうだ、成寛《じょうかん》くんだ。

私が警察官だった頃にはまだ若者だった。するとあのベンチに座っている若いお坊さんは、成寛くんの息子さんか。

そういえばどことなく風情《ふぜい》が似ている。成寛くんもあんなふうに坊主のくせにどこか鋭さを秘めたような風貌《ふうぼう》だった。

宇田巡査は、さて。

お祖父《じい》さんから、身長は受け継いでいるようだ。宇田源一郎巡査部長も背が高かった。あの頃の日本人にしては驚くぐらいに高かったはずだ。

容貌《ようぼう》は、あまり似てはいないか。随分と童顔だ。まるで高校生が警察官のコスプレをしているみたいじゃないか。源一郎さんはまるで下駄のような、そうだ、フーテンの寅《とら》さんのような顔立ちだったのに、また随分とお孫さんはハンサムになったものだ。

まだ朝早い。ようやく通学・出勤の時間帯が過ぎた頃だろう。立番をしていたのも、そういう人たちを見守っていたのかもしれないな。

さて。

「おはようございます」

宇田巡査も、そして若いお坊さんもすぐに同じように頭を下げてくれた。

「おはようございます」

お坊さんはすぐに立ち上がった。

「こちら、座られますか？　自由に休憩はできますよ」

さすがお坊さん。若くても年寄りへの敬意はお持ちだ。

「ありがとうございます。では、ちょいと」

ゆっくりと腰を下ろす。八十を過ぎても足腰はしっかりしている。とはいえ、歩けばやはり疲れる。

「何か、交番にご用がありましたか?」

宇田巡査は少し腰を屈《かが》め、目線を合わせて訊いてくる。

「いやいや、ただの散歩です」

そうですか、と、微笑む。その瞳に少しばかり私の様子を気にしている気配が浮かんでいる。

「徘徊とかでもないですから、ご心配なく。まだ頭ははっきりしています。住所も電話番号も言えますよ」

冗談めかして言うと笑った。

「じゃあ行くわ」

若いお坊さんが宇田巡査に軽く手を上げた。

「あぁ」

ごゆっくり、と、お坊さんは私に両手を合わせて、立てかけてあった箒《ほうき》を持って境内に歩いていった。朝の掃除のついでに話していたのか。年頃は同じぐらいだろう。友人なのか。ゆっくりと歩いていくその背中の風情がいい。歩き方にも芯《しん》が通っている。やはり若くてもその道を歩む人は違う。

「あの若いお坊さんは、成寛住職の息子さんですか」

あぁ、と、宇田巡査は少し顔を綻《ほころ》ばせた。

「そうです。住職のことはご存じですか」

知っています、と、頷いた。

「副住職の大村行成です。彼は僕と同級生なんですよ」

「そうでしたか」

それは偶然だ。確かに源一郎さんの息子さんは一時期この町に住んでいたはずだ。すると、この宇田巡査もこの町で生まれたことになるのか。そして、東京に移り、自分が生まれた町に赴任してきたというわけか。

「お巡りさんは、こちらは長いのですか」

「長いかどうか。この春で三年目に入りました」

丸二年か。

通常ならもう一年か二年。何をしたにしてもそれぐらいの任期で別の交番に異動するはずだが、それは厳密にそうと決まっているわけではない。ましてや何かをやらかしての左《さ》遷《せん》人事ということなら、それはもう通常の範囲の人事からは外されていることになる。このままずっとここに放っておかれることも考えられるし、とんでもないところに飛ばされたりもする。

いい眼をしている。

顔には笑みを浮かべているが、眼は決して笑っていない。

この眼の前の老人は今まで一度も見たことないが、どこからやってきたのか、本当にボケていないのか、以前は何をやっていたのか、これからどこへ行くのか、と、悟られないように静かに観察している。

いい資質を備えているると、この眼で確かめて、そして確信した。

「さて、宇田巡査」

「はい」

瞬時に変わった。

〈宇田巡査〉と呼ばれ、そして私が声音を変化させたことによってそれまで持っていた印象ががらりと変わって、警戒の色を深めた。利き足を少し前にして重心を変化させたことでもわかる。老人といえども無防備に立っているところに突っ込んでこられては、対処できない。

ゆっくりと立ち上がって頭を下げて、そして宇田巡査に向き直った。

「浜本晋一郎と申します。あなたのお祖父さんの、宇田源一郎巡査部長には随分とお世話になった者です」

宇田巡査は、すぐに姿勢を正した。

「そうでしたか。それは、ご丁寧にありがとうございます。それでは浜本さんは、もしかすると警察官だった方でしょうか」

「そうです」

すぐに、敬礼をする。

「失礼いたしました。ご苦労様でした」

「とんでもない」

退職した警察官であろうと、敬礼して敬意を表する。そんな習慣はとっくに廃《すた》れたと思っていたが、まだ残っていたのか。

勤務中だ。長話もできない。

「源一郎さんは、今は施設に入っていると以前に聞きましたが、面会などはできる状態なのでしょうか」

「はい、面会は事前に施設に連絡を入れればいつでも可能です。しかし」

顔を曇らせる。

「今は、認知症が進み、家族のこともわからなかったりします。果たして浜本さんのことを覚えているかどうかちょっとわかりません」

そうか、そんなになってしまったのか。

「施設の電話番号はご存じですか？　必要でしたら」

「あぁ、大丈夫です。以前に教えていただきました。ですが、お孫さんのあなたがここにいることを、つい最近知ったもので。それで、ぜひ会いたいと思ってきたわけです」

「そうでしたか。ありがとうございます」

「この交番の若手警官の住まいは、まだそこですか」

裏の庵《いおり》を示すと、少し笑って頷いた。

「そうです。僕もそこに住んでいます」

「いずれ、非番かお休みの日に、ゆっくりとお話をしたいものです。そのときは年寄りの昔話に付き合ってもらえますか」

「もちろんです」

「ありがたいです。じゃあ、いずれまた」

交番の中にいたもう一人の警察官もこちらを見ていた。中年なのでおそらくは巡査部長あたりだろう。私が退職するときには警察官になっていたかどうか、ぎりぎりの辺りの年齢だろうか。会釈《えしゃく》をして、歩き出す。


いい青年だ。警察官としての資質云々は抜きにして、人当たりの良い、そして優しい笑顔を持っている。

もちろん、人がその心の奥底にたとえようもない闇を抱えていることはある。たとえ表面上は善人であってもそういう人間はいる。けれども、警察官を長くやればそういう人間は、わかる。

宇田巡査は、いい青年だ。きっとどんな仕事をやったとしてもそれをそつなくこなし、先輩には可愛がられ後輩には慕われるだろう。ハンサムなのだから女性にもモテるだろう。年齢からするともう彼女がいてもあたりまえだろう。

源一郎さんは、孫の結婚式には出られないか。

「さて、行くか」

商店街を抜けて、駅に出る。

そこから電車に乗って、都会へ行く。

そんなことをするのも随分と久しぶりだ。

宇田巡査は一度は刑事になった。

卒配とほぼ同時に警察本部の捜査一課に配属されたはずだ。過去に例がないわけではないが、かなり異例のことではある。

何かの折に余程の捜査能力が、それも彼にしかできないような類いのものが発揮されたのだろう。そして誰か上の人間に、少なくとも警視正、あるいはそれより上のクラスの人間にその能力を認められて引っ張られたのだ。そうでなくては、そういう人事はほぼあり得ない。

ごく稀《まれ》にそういう人間がいる。私の同期にもいた。

彼の場合は優れた眼を持っていた。人の精神的な緊張や身体の強《こわ》ばりなどを一日で見抜いてしまうような男だった。周囲の人間にはまるでわからなかったものを彼は見抜いた。それで、彼も刑事としてその能力を存分に発揮していた。

宇田巡巡査もそういう能力を持っていたんだろう。類い稀なる観察能力か、推理能力か、あるいは人の嘘を見抜くような感覚か何か。刑事には必要なものだ。なくても刑事はできるがあった方がはるかにいい。

それが、そういう能力を買われて刑事になった人間が、ほんの一年かそこらでこうして近郊の小さな町の交番勤務をしている。

本人が希望していなかったとしたら、明らかに左遷だ。

何かやらかしたのには違いないが。

「微妙なところではある」

警視正クラスの人間に引っ張られたということは、何かそのお偉いさんと縁故があったわけだ。その縁故と彼の能力が相まって配属が認められたのだろう。単に能力があっただけではそんなことにならない。誰かの力が必要だ。

そして、実際に大いに活躍したはずだ。その話は聞いている。宇田巡査部長のお孫さんはとんでもなく優秀な刑事だと。退職して久しい私にまでその噂が届いたのだから本当に大したものなのだと思う。

それなのに、こうして島流し同然になったというのは余程のことだ。

たとえばプライベートな素行に問題があったのなら、あるいは人妻とねんごろになってその夫から訴えられたとかなら、減給程度だろう。博打《ばくち》に入れ込んでもそうだ。そういうのはなるべく表に出ないように処理される。期待のホープがいきなり表立っての左遷では目立って、サツ回りの連中に記事にされてもしょうがないからだ。

それなのに、左遷された。しかも記事になってもいない。つまり表向きには単なる異動で済まされたということだ。ひょっとしたら健康上の理由とか本人の希望なんていうふうになっているのかもしれない。

この町にというのも、そこも随分と微妙なラインだ。普通はとんでもない田舎に飛ばされる。何よりも、縁故があるかもしれぬ、彼を引き上げたその警視正クラスの進退にもかかわってきているのではないか。

あるいは、その彼と縁故がある警視正クラスの人間に何かがあった、ということも考えられるか。現場のパワーゲームで負けたか、あるいは何か不正が発覚したか。そのとばっちりを受けて、宇田巡巡査も降格人事にあった。それも充分考えられる。

そして、その彼を見張っていた刑事がいるというのなら。

「監察官だな」

それ以外はあり得ない。

宇田巡巡査がここに飛ばされたのは、監察官に目を付けられたからだ。そして今も監視が続けられているのか。

それもかなり異例のことだろう。通常は飛ばされたらそれで終わりだ。よほど変な癖が抜けていないとかなら別だが、そんなに監察官は暇ではない。

何をやらかしたのか、源一郎さんのお孫さんは。

「あるいは」

見抜いたのか。

何か、警察本部に巣くったどす黒い染みを。それなら、今も監視が続けられているというのもわかる。

いずれにしても、彼を刑事に引っぱり上げた人間を調べればわかるはずだ。

その男は、かつて宇田源一郎巡査部長に世話になった人間に違いない。源一郎さんのお孫さんが警察に入ったのかと喜んだに違いない。そして気にしていたから、見ていたからその捜査能力にも気づけたはずだ。

だから、今、警視正より上の人間で若い頃に源一郎さんに世話になった人間を見つけて調べていけば何かにぶつかるだろう。

それで、何故今も、あるいは今になって監視をしているかがわかるだろう。

足に力が入る。

何十年ぶりかで、この身に何かが滾《たぎ》ってくるのがわかる。

何かが、あるのだ。調べなければいけない何かが、そこに。

十一　楢島あおい　マンガ家

パシャパシャパシャ！　って空《そら》ちゃんの写真ばっかり撮ってる。

子供の写真って、けっこう貴重なんだよねー。動画も撮っておけば子供の予想外の動きも観察できるし。

私のマンガに出てくる四歳くらいの子供って、けっこう空ちゃんをモデルにしているんだ。他人の知らない子供を撮るわけにもいかないからね。まぁフリーの写真とかはネットでも観たりするんだけど。

「保育園とか入れるんですか？」

のんびりゆっくり歩きながら杏菜が訊いたら、うん、って美春さんが頷いた。

「来年は考えているかな」

「ここってどうなんですか？　ほら、巷《ちまた》では待機児童がどうたらこうたらで」

ネットではよく見るそんなニュース。この町はどうなのかまったく私は知らない。

「この町はそんなことないよ。選ばなければ普通に保育園に入れるから、二人とも将来も安心だよ」

にっこり美春さんが笑った。あー、って杏菜と二人で笑ってしまった。

「将来かー」

そうだよね。私も杏菜も将来は結婚して子供を産むかもしれないんだよね。こうやって子供を連れて、散歩したりするかもしれないいんだよね。

杏菜と美春さんが両側から空ちゃんと手を繋いで歩いて、私は一人カメラを構えながら、空ちゃんを撮ったり団地の写真を撮ったり。

そもそも団地の写真を撮りに来たんだ。マンガの背景の資料にするのに。ついでに部屋の中の写真も撮りたくて、市川の美春さんに電話してお願いしたら、おいでよーって。ついでにお喋りしようよって。

お礼のケーキを買っていって、杏菜と三人であれこれ本当にずっとお喋りしていた。もちろん部屋の写真も撮らせてもらって。夕方になっちゃったので、そろそろ外の写真を撮って帰ろうと思ったら、美春さんもスーパーに買い物がてらお散歩に行くって。

それで、皆で歩いていた。

旦那さんの公太さんは、泰造さんのマネージメントが本当に忙しいみたいなんだ。ライブツアーも半年先まで決まっているし、それを全部一人で仕切っているから。一緒にツアーを回ったりするから、けっこう留守にするらしいんだけど、弟と二人で回るんだから悪いことしたらすぐに泰造さんに報告してもらうんだって。

「でもねー」

美春さんが言った。

「二人とも、何て言うか、ハマっちゃって決まったでしょ。カレシが」

「ハマった？」

何がハマった？

「杏菜ちゃんは、副住職さん。もうこのまま付き合っていけば住職の妻決定でしょう」

杏菜がちょっと照れて笑った。

「あおいちゃんも、警察官の妻でしょう。しかもマンガ家でしょう商売が。警察官の妻でマンガ家さんは問題ないの？」

「あ、それはね、ちょっと調べてみました」

「調べたんだ」

一応。そこはそれ。調べるのもマンガ家の商売のうちですから。

「公序良俗に反したマンガを描いていない限りは、特に問題ないみたいです。つまり」

「アレとかアレのマンガを描かなきゃいいと」

美春さんがニヤッと笑った。美春さんって、実はけっこうな腐女子なんだよね。結婚してからは子育てに忙しくて全然だけど、前はよく同人誌を買ったりもしていたって。他のマンガにもすごく詳しいから、けっこう濃い話もできる。

「そうなんです」

ただ、警察官というのは本当に大変な職業で、何か起こってしまうと夜も昼もなくなるかもしれない。まぁそれはマンガ家も同じで。

「もしも私がとんでもない売れっ子になってしまって、週刊で連載とか持ってしまったらそれこそ」

「修羅場《しゅらば》になったら夜も昼もないわね。しかもアシさんを雇わなきゃならなくなったりしたら」

美春さんが、うむ、って難しい顔をした。

「主婦としての仕事はムリよね」

「ムリですよね」

「そうだよね」

杏菜も頷く。

「や、ま、もしもの話なんですけどね」

「今はそのつもりでしょ。そして杏菜ちゃんは大学があるから、まぁ普通に考えると四年間は結婚はないとしても、あおいちゃんは今すぐにでも結婚できる立場なんだからね」

それは、考えると恥ずかしいけれど、確かにそうなんだけど。

「あれよ？　その辺はね。まぁちゃんとした恋人同士になってからの話でいいんだけどさ」

ちゃんとした恋人同士に。

はい。そうですね。

あぁ考えると恥ずかしい。

「話し合うというか、二人の間の共通認識として持っておいた方がいいわよ。描き続けられる限りマンガを描くっていう覚悟をさ、巡さんにもちゃんと話しておかないと」

「そうですね」

「そうだね」

考えるとにへらにへらと笑ってしまいそうなんだけど。

「でもあれよね」

美春さんが続けた。

「巡さんは元は刑事さんだったんでしょ？　ひょっとしてまた刑事さんになっちゃったら、本当に大変だよね。それと、交番勤務だったりしても、転勤？　でいいのかな？　そういうのがいっぱいあったりするんでしょ？　あちこち行っちゃったりしたら」

「そうなんですよねー」

そうなったら本当にいろいろ考えなくちゃならないと思う。マンガ家は、それこそ全部デジタルにしちゃえば今はどこに住んでいてもやっていけるから。私はまだ手で描いている部分が多いんだけど。

「まぁでも」

美春さんはニコニコした。

「いいわねー、若者は夢があって」

「美春さんだって。社長夫人で」

杏菜が言うと、わははっ、て笑った。親しく話すようになってわかったけど、美春さんはけっこう豪快なところもある人。

そんな人でも育児で鬱《うつ》になっちゃうこともあるんだなー、人生って大変だなーって思ったりもする。

「泰造くん様々だよね。もちろん、あの人をまともにしてくれた副住職さんにも、巡さんにも感謝感謝なんだけど」

うん。それは本当に良かったと思う。

「あれ？」

あれ？

杏菜が急に立ち止まって声を上げた。

「あれ、なに？」

「なに？」

指差した。

空を。

団地の向こうに夕焼け空が見える。もうそろそろ空が赤く染まる前の、まるでジブリ映画の空のようないろんな色が混ざり合った空。

「UFO⁉」

「えっ⁉」

「え？　どこ？」

「あそこ！」

杏菜はすごく眼がいい。私は実は普段は掛けていないけど、マンガを描くときには眼鏡《めがね》を掛ける。ちょっとだけ眼が悪い。

「何あれ！」

美春さんも声を上げて、それから急いで空ちゃんを抱っこした。

見えた。

夕焼け空をバックにして、白い、いや銀色っぽい何か不思議なものがふらふら揺れるように団地の上を飛んでいる。

不思議な動き方。

私は観察力がある方だって思ってる。

あれは、不思議な飛び方をしている。この世にあるものとは思えない動き方をしている。そして、大きさが全然よくわからない。

大きいのか、小さいのか。

「カメラ！」

「そうだ！」

カメラを構えた。写真を撮って、それから動画撮影に切り替えた。

ＵＦＯみたいなものは、ゆらゆら、ふわふわ、不思議な動き方をしながら向こうの団地の棟の間を飛び回って、そして棟の向こうに降りていった。降りていったのか棟の向こう側を飛んでいるのかわからないけど、とにかく見えなくなった。

「撮った？　ねぇ撮った？」

美春さんが慌てたように言った。

「撮りました！　バッチリ」

確認しようとしたけど、その前に。

「向こう側に見えなくなりましたよね⁉」

「そうだね」

杏菜が頷いた。

「向こうって、美春さん。〈スラム団地〉の方ですよね？」

うん、って美春さんが少し嫌そうな顔をして頷いた。〈飯島団地〉はものすごく広い敷地にたくさんの棟がある団地。

その中には、もう人が住まなくなっちゃってまるで廃屋《はいおく》のようにもなっている棟がいくつかあるんだ。そこにはホームレスが住み着いたり、悪い人たちが出入りしてるって噂があったり、実際傷害事件が起きたり、不審死があったり。

学校でもそこには近づかないようにって注意されてたりもする。

美春さんが住んでいる棟は、そんなには遠くないけど違う。まだたくさん人が住んでいてちゃんとしている棟。

何だろう、何かあるんだろうか。

「ちょっと、見てみようよ」

「うん」

カメラの小さなディスプレイだとあまりよくは見えないんだけど。

「動画」

うん、撮れてる。三人で頭を寄せ合ってカメラの後ろのディスプレイを覗き込んだ。

「何だろう」

「変な動きだよね」

「どうやって飛んでるのか全然わかんない」

本当にわからない。

「ラジコンとかかな。あ！　ドローンとか！」

杏菜が言ったけど。

「でも、ラジコンとかドローンだったら音がするよね？　けっこう大きな音。プロペラが回るモーターの音」

「あぁ、そうね」

美春さんが頷いた。

「そんな音、してた？」

「どうだろう」

びっくりしてそこまで気が回っていなかったかも。少し距離があるから、ひょっとしたらすごくモーター音が小さくて聞こえなかったのかもしれないけれど。

「でも、何にしても」

美春さんが顔を顰めた。

「誰かが飛ばしているんだったら、何のためにだろうね？　ものすごく変な形だったよね？」

変だった。

「何かのゲームに出てくるみたいな」

うん、そうだ。そんな感じ。

急に美春さんが、あ！　って大きな声を上げると、抱っこしていた空ちゃんが揺れたものだから喜んで笑った。

「あおいちゃん！　これ、巡さんに見せた方がいいかもしれない！」

「巡さんに？」

そう！　って真剣な顔をして美春さんが頷いた。

「うちの旦那が言ってたのよ！　変な化け物に会ったって」

「化け物？」

化け物？

「あ、ひょっとして、公太さんが巻き込まれた事件ですか⁉」

「そうそう。聞いてた？」

「それ以外は何も聞いてないんですけど」

「何か、とにかくふわふわ動く白い化け物に会って、びっくりして逃げ出したのよあの人！　白くはないけれど、今のもふわふわ動いていたわよね！」

確かに。

「すぐに行ってきます！　交番に！」

「あ、ちょっとあおい！」

杏菜がまた空を指差した。

「撮って撮って！　また飛んでる！」

さっきとは違うところを、もう少し低く飛んでる。

カメラを構えた。

「ちょっと待ってあおいちゃん、それズーム付いているんでしょ？」

「付いてます」

美春さんが手をぐるっと回した。

「もしもあれを、誰かが動かしているんだとしたら、近くに操縦している人間がいるんじゃない？　こっからは誰も見えないけど、ズームでその辺見えない？　どっかの棟のベランダとか！」

そうか。美春さんすごい。

「捜す！」

ズームを最大にした。そしてディスプレイじゃなくて、ファインダーを覗き込んだ。カメラを動かした。

どこかに、誰かがいないか。

変な人か、怪しい人か、あるいは普通の人でも何か操縦してる感じの人は。

ここからはいくつかの棟のベランダしか見えないけど。屋上にでも上がれれば、地上にいる人たちも見られるんだけど。

「どう？」

杏菜が訊いてきた。

「まだＵＦＯは飛んでる。そしてね、やっぱり音は聞こえない」

「うん、聞こえないね」

そう、私もさっきから耳を澄《す》ましているけれど、モーター音やプロペラの音は聞こえない。

「あ！」

「誰かいた？」

「ベランダに人がいる。男の人」

でも、このズームじゃムリだ。はっきりとは写せない。

でも、シャッターを切った。

男の人が二人いた。何をしているのかわからないけど、ベランダにいた。あのＵＦＯに関係しているのかどうかもわからないけど。

パーカとかを着ていたから、たぶん若い人だ。

十二　市川泰造　ミュージシャン

椅子。

椅子っていうか、サドル。

サドルじゃないかシートか。バイクのシート。それもアメリカーンなこうハンドルをほとんどバンザイしながら握るようなバイク。あるじゃない古い映画の、なんだっけ、ニューアメリカンシネマだっけそういうの。あ、アメリカン・ニューシネマか。

そうそう、『イージー・ライダー』ね。あの映画で主人公たちが乗ってるようなあんなアメリカーンなバイク。

そんなバイクの車輪がないのが、スクラップ同然のものがどうしてこのアパートの中庭にあるのかは謎なんだよねこれがまた。

大家のおばあちゃんは随分昔に住んでいた人が置いていったとかなんとか言ってるんだけど、これどう考えてもこの中庭っていうかこの裏庭に入らないんだよね。この裏庭にはそれぞれの窓から外に出るか大家さんの部屋の裏玄関から出るしかないんだからさ。タイヤはないんだけどエンジンとかはあるから相当重いよこれ。窓から出すのもゼッタイムリよこれ。ミステリ小説のレベルで謎なんだよこれ。

そもそも何でこのアパートにはこんな中庭があるのかわかんない。まぁ変わった建築なんだけどそこがおもしろいよね。

大家のおばあちゃんが自由に使っていいって言ってくれたから、天気のいい日はここがすっかり俺の居間になっちゃってるよね。窓からひょいって出てそのまま。なんたって入居者は今現在俺ともう一人しかいないし、そのもう一人の桑田《くわた》くんはサラリーマンなんで昼間はいないし。六部屋あるのに二部屋しか埋まっていなくてそれでやってけるのかって思ったけど、そもそも大家のおばあちゃんお金持ちらしいし。

テーブルもあるしベンチも置いたし、そしてこのアメリカーンなバイクのシートもあるし、で、このシートに座ると自然と見上げる形になるから、空がきれいに見える。

空、いいよね。

特にここは中庭だからさ、空が四角に切り取られてさ、そこを鳥が飛んでいったり飛行機が飛んでったり。

いいんだ、ここ。

ちょっとした屋外のアートスペースみたいだよね。そういうアート作品どっかにあったよね。

やっぱね、なんかの歌じゃないけどさ、人間って空に憧《あこが》れる生き物だから、飛行機を発明したんじゃないかって思うよ。や、別に空飛びたいとは思わないけどさ。飛行機あんま好きじゃないしね。見るのは好きだけど乗るのはあんまりなー。

「おっ」

ケータイ鳴った。いやスマホ震えた。

「はいよー」

(カツヤです)

「カギ開いてるから入っていいよー。庭にいるから」

(了解)

カツヤとケイ。俺の部屋の玄関から入って、靴持ってきてそのまま窓から出てくる。

「どもー」

「まいどー」

あらっ?

「なになにケイ。髪の毛染めたの?」

ちゃんとした真っ黒の髪の毛になっちゃってるよ。ついこの前までは金色だったのに。

「染めました」

「なんかフツーになってんじゃん」

びっしり立たせたりしてたのに、おとなしめにさらっと流しちゃったりして。カツヤは元々坊主頭で染めてなかったけど。

「なんか、服装もおとなしめじゃん？　二人ともフツーになったじゃん？」

どこにでもいる全然あぶなくないっぽいフツーの兄ちゃんになっちゃってるよ。

「やー、あれですよ」

カツヤがMacBook Proをバッグから出しながら笑った。

「一応、俺ら、泰造さんのスタッフじゃないですか」

カツヤが言って、ケイもにんまりと笑った。ケイはホント無口だよね。ほとんどなんもしゃべらないもんね。前に好きな食べ物訊いたら「カレー」って一言だけだったよね。

「一応じゃなくて、カンペキスタッフだよ。その気になったらうちの事務所と正式契約していいんだっていっつも言ってるじゃん」

まぁまだ未成年で、しかも高校にも籍はあるみたいだからアルバイトってことでやってもらってるんだけど。

「けっこう稼ぎは出てきてるよね？　ちゃんと税金とかもうちでやっちゃった方がラクだと思うよ？」

俺のYouTubeのサイトから入ってくる収入の何パーセントかは二人に流れるようにしてる。そこで流しているＭＶやＰＶは全部こいつらが作っているんだからね。当然の権利。

「それもそうなんですけど。サイトにもちゃんと名前出してもらってるから、ゼッタイ泰造さんドカン！　とメジャーになるから、そんときに、な？」

カツヤがケイに話をフったら、ケイも頷いた。頷いて何か言うかなって思ったらただ微笑んでる。

「オレらがちゃんとしてないと、泰造さんにも迷惑掛かるかなって思って。だからまずは格好から」

「んなの気にしなくていいのに」

もちろん人間的にちゃんとしてないのはゼッタイダメだけどね。クスリとかハッパとかマジでやったらダメって言ってあるし。

「ファッションなんか自由だぜ？　俺なんか一年中このパーカで歩いてて取材とかも全部これよ？」

「や、それもどうかと思いますけどね。できればもうちょいカッコつけてもいいと思いますよ」

笑った。

「とにかく、最低限、一緒にやってもらってる泰造さんに迷惑掛けないようにしようかなって」

「そっか」

　まぁその気持ちは嬉しいよね。

「ちょっと天気良過ぎっすね。ディスプレイ見えないですよ」

「あ、そうね」

　PVの確認なのに、ディスプレイ見えないのはまずいよね。

「じゃあ、部屋ん中に戻るか」

　三人でぞろぞろと狭い俺の部屋に戻って。

「あ、冷蔵庫にあるもの適当に飲んでー」

「ウッス、サンキュっす」

　冷蔵庫の中にいろんな飲み物は充実させてんだよね。新製品出たらとにかく買ってみるし。気に入ったら何本も買っておく。

「プロジェクターあるから、カーテン閉めて壁に出します？」

「いいね、そうすっか」

　まだ最終編集まで行ってないこの間のPV。

　カツヤって本当に映像編集のセンスいいんだけど、実は音楽はやってないんだ。もちろん聴くのは大好きだけど自分で楽器をやってないからさ。そこんところの感覚っていうかノリっていうか、ちょっとだけ、テンポのズレってのがときどき気になる。

だから、俺が観て感じたそういうズレってのを指摘して修正していく。カツヤがすげぇのは、そうやって指摘したところにさらにぐいっとおっかぶせてきて、俺なんかが想像していなかった直しをやってくるところなんだよね。そりゃもうやっぱこいつスゲーな出会って良かったわって毎度毎度思うんだよね。

「じゃ、流しますねー」

☆

打ち合わせしゅうりょうー。

カーテン開けて、中庭に出てお陽様の光を浴《あ》びてのんびりと。ビールでも飲みたいところだけど、こいつらはまだ未成年だから一応はガマンガマン。

「そういえば、お兄さん、シャチョーって団地に住んでるんですよね?」

「あぁ、そうだよ」

兄貴のことをこいつらはシャチョーとカタカナで呼ぶ。まだ会わせてないんだけど、いろいろ話はしてる。

「なんか、見たような気がするんですよね」

「兄貴を?」

「そうなんです。泰造さんよりシュッとしてて眼が大きくて」

「あぁそうそう」

兄貴の眼は大きい。まるで少女マンガに出てくる男みたいな眼をしてる。その眼にコロッと騙《だま》された女も多いって話なんだけどね。ま、昔の話でね。今はそんなことしてないと思うけどね。

「どこで会ったの？」

「や、見かけただけで。っていうか、すれ違った人の手提げ袋の中にたくさん焼いたＣＤ詰まっていたんで、あれひょっとしたらってそうかなって」

なるほど。ＣＤ抱えた兄貴と団地の敷地で偶然すれ違ったのね。

「お前たちがちゃんと契約してくれるんならすぐにでも会わすけどね。同じ団地に住んでるんだし」

住んでる棟は少し離れているみたいだけどね。あそこは広いから。カツヤは頷いていたけど、首を捻った。

「正直、仕事の契約って、よくわかんないんですよね」

「わかんないって？」

「オレたち、頭悪いんで」

そんなことないぞー。

「カツヤとケイが頭悪いんだったら、世の中の連中全部頭悪くなっちまうぜ」

二人が笑うけど、いや冗談じゃないって。

「お前らはさ、まぁ俺もその辺は突っ込んで訊いてないけどさ。俺には関係ないから、どうでもいいから。俺はお前たちがめっちゃスゴイ奴で俺の映像関係には欠かせないスタッフだと思ってるから。でも話の流れで訊いちゃうけどさ」

「なんですか」

「頭悪いって言ってンのは単純に学校の成績が悪いってことだろ？　テストで良い点が取れないってことだろ？　そりゃああたりまえじゃん、学校行ってないんだよな？　学校の勉強をしてないんだもん。成績も悪いさ」

それはもう、自業自得よ。言いわけできない。

「行けるんなら最低限卒業はしといた方がいいと思うけどね。で、どうして学校に行かなくなったかはおいといてさ。お前らだってちゃんと学校行っててちゃんと教科書読んでいたら、きっとテストの点もよかったって思ってないか？」

「思ってないですよ」

カツヤが言ってケイが頷いた。

「いーや違うね。思ってるね。そんなことを考えたことないだけなんだよ、ちょっと考えてみ？　自分たちが毎日ちゃんと学校に行ってた頃を思い出して、そのときにやってたテスト何点取ってた？　百点とか九十点とか取ってなかったか小学校の一年とか二年とか三年とか」

「そりゃあ」

カツヤが笑った。

「その頃なら、取ってましたよ。百点も。なぁ？」

ケイが、なぁ？　って言われて笑って頷いた。いやいいんだけど少しはしゃべれよケイ。

「だろう？　だからお前たちだって頭はゼッタイ悪くないんだよ。今だってカツヤはパソコン操《あやつ》ってめっちゃカッコいい映像作ってるし、ケイだってドローンをすごいテクニックで操ってしかも実機の自作までしてるんじゃん」

「それは、好きで覚えたから」

「そうだよ。好きなら覚えるんだよ。Macのテストあったらお前百点取るじゃん。そういうことなんだよ。だから、頭良いんだよ。自分たちのことを頭悪いからって言っちゃって何かをあきらめるのって、俺すっごく損だと思うんだよ」

何でこんな熱く語っているかって言うとさ。

俺がそうだったからなんだよ。

「俺はさ、音楽なら百点取ってる人間だって自分でも思ってるんだ。そしてさ、音楽で百点取り続けるために必要だって自分で思ったらさ、数学でも英語でも物理でも百点取るためにやるぜ！　って思ってるんだよ」

カツヤとケイは真剣な顔をしてる。わかってくれるかな。

「つまり、何が言いたいかってっとさ、頭悪いからって言葉で何もかも括《くく》っちゃって自分をあきらめるのがいちばん腹立つってことなのさ。わかる？」

うん、って頷いた。

「でも、泰造さんは一応大学も行ってるし」

うん、一応ね。誰でも行けるような大学なんだけどね。

「それはね、俺は記憶力だけはいいから。見たものを覚えていられるっていうめっちゃ便利な能力が生まれたときからあるから。ある意味、ズルね」

教科書とか全部覚えられるからね。究極の一夜漬けできちゃうから。もちろん、暗記が有効な教科だけだけど。

「え？　そうなんですか？」

「そうなの」

「あ」

ケイがちょっと驚いたみたいに口を開けた。

「ひょっとして、あれもそうっすか」

「あれって?」

「泰造さん、撮影んとき、自分の立ち位置とか全部覚えてますよね? オレ、いっつも驚いてたんです。移動しても、もう一回撮り直そうってとき、必ず前とまったく同じ位置に戻ってるから」

ああ、そうそう。よく気づいてたねケイ。さすがだ。

「その通り。見たものは必ず覚えてるから。だから俺、行ったことはなくても世界中どこ行っても地図いらないからね。グーグルマップで見ておけばそれでどこでも迷わないで歩ける」

すげぇ、ってカツヤとケイが笑った。

「兄貴もそうだぜ。俺よりはちょっと落ちるけどね。見たものはしばらくの間は確実に記憶してる。まぁそうは言ってもそのうちに忘れちゃうこともあるけどね」

だから兄貴は司法試験の勉強を必死にやってる。画像で覚えていてもしばらく経つと消えちゃうこともあるから、画像と同時に知識として覚えている。

「まぁとにかくさ。大人の仕事が面倒臭いとか思わないでさ。自分たちの将来のためにいろいろ考えてみなよってことさ。ずっと二人でやってくんだろ?」

こくん、って二人で同時に頷いた。

十三　宇田巡　巡査

今日は六時三十分で上がって明日は休日。

「あおいちゃんとデートかい」

西山さんがお茶を飲みながら言うので、まぁ、って曖昧《あいまい》に頷いた。

「たぶん、そうなりますね」

「何だ、随分気のなさそうな返事だね。まさかケンカしたのかい」

「いや、そんなことはありません」

十歳近くも年下の彼女相手にケンカはしない。そもそも年齢がそんなに違わなくても、僕もあおいちゃんもケンカができない性質の人間だと思う。僕は間違いなくそうだけど、あおいちゃんも同じ人種なんだと、付き合ってきて感じている。それは、やっぱり気が合うっていうことなのかもしれない。

そう言うと西山さんも頷いた。

「私と女房もだよ。ケンカはしない」

「あ、そうなんですか」

　笑って頷いた。

「結婚して二十年になるけどね。一度もしたことがない。まぁこの年になるとケンカするのも面倒臭いっていうのもあるけどね」

「あぁ、そうですよね」

　それはけっこうあると思う。常に冷静であることが望ましい警察官なのは抜きにしても、僕は他人に自分の強い感情をぶつけることは面倒臭いって思ってしまう性質だと思う。だから、ケンカはできない。面倒臭いという表現がちょっと悪いなら、ぶつけるよりは自分の中で消化してしまった方が楽だと思ってしまう。

「奥さんとは、何か共通の趣味とかありますか」

　訊くと、西山さんは少し考えた。

「そうだねぇ。二人とも映画を観ることが好きだし、そして映画の趣味が合うね。たいてい観たい映画は一致する」

「あぁ、それはいいですね」

「休日にはよく家で観ているよ。最近は便利というか何というか、ネットでいろいろ観られるからねぇ」

　僕も映画は好きだ。もちろん、あおいちゃんも。映画の趣味が合うかどうかは、二人ともわりとどんなタイプの映画でも楽しめる方なのであまり考えたことはない。

「おや」

西山さんは窓の外を見て、微笑んだ。

「噂をすればだ。あおいちゃんと杏菜ちゃんだね」

「え？」

こんな時間に交番に来るなんて何かあったかなと思ったときに、二人が小走りで交番に駆け込んできた。


「なるほど」

あおいちゃんと杏菜ちゃんが、公太の奥さんの美春さんと一緒に団地で見た飛行物体の話を聞いて、西山さんと顔を見合わせた。

「まずは見てみようか。その団地を飛んでいたものを」

「そうですね」

データはデジカメのものだ。

「ケーブルがあればパソコンに繋げられるね」

「あります！　持ってきました」

あおいちゃんが持っていたバッグの中からケーブルを取り出した。

「西山さん、交番にあるパソコンに外部入出力機器は付けられないので、僕の部屋から私物を持ってきていいですか」

「そうしよう」

裏手にある僕の部屋に走っていって、MacBook Airを持って交番に取って返した。あおいちゃんと杏菜ちゃんは西山さんにお茶を貰って、二人でテーブルについている。

「デジカメ貸して」

「はい」

ケーブルで繋いで、これです、とあおいちゃんが指示した動画データをMacBook Airにコピーした。

「再生します」

すぐに動画が始まる。

〈飯島団地〉が映る。西山さんと二人で画面を覗き込んだ。脇からあおいちゃんと杏菜ちゃんも見ている。

「これです」

あおいちゃんがディスプレイを指差す。確かに、UFOみたいだ。

「これは、音声は入っていないんだね?」

西山さんがあおいちゃんに訊いた。

「入ってないです。映像だけです。でも、このときも三人で話したんですけど、ドローンとかラジコンのモーター音みたいなものは聞こえなかったんですよ」

「そうか」

距離はけっこうあるみたいだから、プロペラとかの回転音は聞こえなくても当然かもしれない。

でも。

「確かに、動きはラジコンとかドローンとかの動きじゃないようにも見えますね」

言うと、西山さんも頷いた。

「何だか、動物みたいだね。フクロウとか」

西山さんが言った。

「フクロウですか？」

「フクロウというか、何だろう。鳥とは少し違うような、コウモリとかか？」

そうか。そういう見方もあるか。

「まるで少しスローモーションにしたようなコウモリの動き、ですか」

「そんな感じもするね。羽が見えないから、もちろんドローンのような気もするんだけど」

変な形だ。そういう眼で見れば、コウモリを柔らかなスポンジで包んで飛ばしているような感じにも見える。

「もしも、ですよ」

あおいちゃんだ。

「この物体に、白くて軽い布を被せて飛ばしたら、公太さんが見たっていう白くてゆらゆらする化け物みたいにも見えると思うんですけど」

「そうだね」

そういうふうにも見えるだろう。

「あ、動画切り替わりました。こっちが、操縦者を捜してみた動画です」

杏菜ちゃんが指差した。

「そこのベランダにいる男性しか見えなかったんだよね」

杏菜ちゃんがあおいちゃんに確認するように言って、あおいちゃんも頷いた。

「もしもドローンやラジコンなら、ゼッタイに操縦している人がいると思ったんですけど、はっきりとはわかりませんでした」

棟を斜めの位置から映している画面。三階のベランダに、確かに若そうな男性が二人映っている。そういう眼で見ると、飛行物体の行方を追っているようにも見えるけれど、確証はない。そして、顔もはっきりとは確認できない。

「若いというだけは、言えるかな」

「そうですね」

警察官は、そういう訓練をする。どんなに遠目でも動きから年寄りか若者か、男性か女性かの区別はできる。

男性だ。

そして、若い。

「わかるのはそれだけか」

「この二人を知っている人間が見たら、ひょっとしたらあいつかも、って思う感じの映像かな」

西山さんが言う。

「そうですね」

画面をプリントすることもできる。もしも必要なときが来たらそれも考えておかなきゃならないか。

「これを公太くんにも見せて、化け物と同じような動きかどうかを確認することはできるね。そしてもしも公太くんが確信を持ったのなら、この飛行物体を動かしているのは団地の人間だと推定してもいいんじゃないかな？」

「そう思います」

団地の中を飛ばすのは、その近くにいなければ無理な話だ。わざわざ〈飯島団地〉までやってきて飛ばす何らかの意図があるのなら別だが、単純にそこに住んでいる者が飛ばしていると考える方が自然だ。

「訓練しているんですかね」

あおいちゃんだ。

「団地の中を飛ばすのには、何か意味があるはずですよね。もしもこれがドローンなら、どこでも飛ばしていいわけじゃないですよね？」

「うん」

ドローンに関しての法律には、まだ未整備の部分はあるはずだけど。

「僕もまだ勉強不足なんだけど、基本的には、空港や、人口密集地、そういうところでの大型ドローンの飛行は航空法などで禁止されている。それに道路交通法で道路でも使えないね」

「じゃあ、これはたぶんまずいですよね」

杏菜ちゃんが言う。

「けっこう大きいような気がします」

「そうだね」

これがドローンであるなら、の話だけど。

「訓練か」

西山さんが顔を顰めた。

「確かに、あおいちゃんの言うように意味というか意図があるのかもね。こんな技術を持っている人間なら、ドローンをどこで飛ばせばいいかぐらいはわかっているはずだ。それなのにこうして飛ばしているということは」

「何か、団地で飛ばす意図や目的があるってことですか」

「そういうことになるのかな。ただの子供のいたずらにしては、この飛行物体は奇妙過ぎるし、何か精巧《せいこう》な造作物のようにも思えるね」

確かにそうか。

何の目的で、こんなものを飛ばしているのか。

「明日にでも団地を回って確認してきましょうか。この飛行物体を見た人は他にもいるはずですから」

「いやいやいや」

西山さんが手をひらひらさせた。

「明日は休みだろう、宇田巡査」

そうだった。

「それに事件でもないんだ。とはいえ、気にはなるだろうから、公太くんに電話して今晩か、あるいは明日あおいちゃんとのデートが終わった後にでも、この動画を見せて確認するぐらいでいいんじゃないか。彼が見た化け物と共通点があるかどうか」

デートって言われて、あおいちゃんがちょっと眼を大きく見開いて、唇をふにゃふにゃさせた。

「わかりました」

確かに、まだ事件とも言えない案件だ。休みの日は、休む。

☆

警察の案件に協力してくれたということで、勤務時間内にあおいちゃんと杏菜ちゃんを家まで送って、もちろん明日の約束はしておいてから、装備を外して交番の裏の部屋に戻った。職住近接は便利は便利なんだけど、切り替えをちゃんとしないといつまでも仕事を引きずってしまう。

だから、まずは制服を脱ぐ。制服を脱いでそのままシャツを洗濯機に放り込んで他の洗濯物と一緒にしてスイッチを押す。洗剤の香りなんかを嗅《か》いでいると、仕事が終わったって気持ちになれる。

「入るぞー」

「あぁ」

玄関の扉が開いて、行成が勝手に入ってきた。

「ほい、今晩のおかず」

「ありがとう」

持ってきた鍋《なべ》の中身は、おでん。もちろん行成のお母さんが作ってくれたものだ。ちょっと見てほしいものがあると公太にＬＩＮＥすると、じゃあここで晩飯を食べると言ってきたんだ。行成も呼べというので、呼んだらおでんを大量に作ったからそれを晩飯にしようと言ってきた。

「ご飯は？」

「もうすぐ炊《た》ける」

おでんとご飯だけでは淋しいので味噌汁も作った。公太は途中で焼き鳥を買ってくるって言ってたのでそれで充分。


「いや、それは俺も言おうと思っていたんだよ」

おでんを食べながら公太が言う。

「目撃例が既にあったということか」

公太の伯父さんの話だ。夜中にＵＦＯが団地の上を飛んでいるという噂がある。そのＵＦＯから宇宙人みたいなものが出て来て、部屋の中に窓から入っていくという話もあったという。

「マンガだな」

　行成が言う。

「マンガだけどよ、宇宙人が出て来たのは誰かが盛ったとしてもよ、何らかの信憑性《しんぴょうせい》はあるって伯父さんは言ってたぜ。見間違いだとしても、何かが団地の中を飛び回っていたってのは確かだと思うぜ」

「それが確かめられたってことかもしれないね」

「美春も言ってたけどよ。まずはその動画を見せてくれよ」

「いや、まずは食べようよ。ここにパソコン置いておでんの汁を飛ばされても困るから」

「そりゃそうだ」

　テーブルはこの卓袱台《ちゃぶだい》しかないんだ。

　こうやって男三人で僕の部屋でご飯を食べることが、月に一回ぐらいはある。それはそうしようと決めているわけでもなんでもなくて、たまたまそういう話になっていくことが多い。今回もそうだった。

「で？　見せてくれよ」

「うん」

あらかた片づけた卓袱台の上にMacBook Airを置いて、動画を再生した。公太と行成が覗き込む。

「おー、飛んでるな。美春の話の通りだ」

「お前が見たのと同じものか？」

行成が訊くと、首を横に振った。

「全然違うな。オレが見たのは身体みたいなもんがあったからな。でも、確かに動きは似てるかもしれないな。ほら、ちょっと戻してくれよ。この空中でちょっと止まったときの動きなんかそうだぜ」

「そうか。もうすぐ映るから、二人の男も見てよ。どっかで見たことないかどうか」

ベランダにいる二人の男。公太が、首を傾《かし》げた。

「わかんねぇなこれだけじゃ。確かに若い男だろうけど。でもな、ここの棟にはまだ人がたくさん住んでるぜ。目撃した人間も多いんじゃないか」

「何にしても、化け物騒ぎの拠点は〈飯島団地〉かもしれないってことだな？」

行成が言うので、頷いた。

「その可能性は高いかもしれないね。それでさ」

動画を切って、地図を持ってきた。

「地図？」

「坂見町《さかみまち》の地図だ。公太と同じ化け物を見たっていう目撃例についてちょっと確認したいんだ」

「場所はバラバラだよな？」

「バラバラだね。でも、この映像が撮られたのを知って、ふと思ったんだ。共通点は、あるのかもしれないって」

「何が共通点なんだ？」

町の地図を広げた。デジタルではなく紙の地図。

「グーグルマップとか見た方が便利なんじゃないのか」

公太が言う。

「そっちの方が便利な場合もあるけれど、こういうときにはこの方がわかりやすい。今まで、化け物騒ぎのあった場所は三ヶ所。プラス行成の檀家のおばさんの話で四ヶ所なんだ。その場所はここと、ここと、ここと、そしてここ」

四ヶ所にマーカーで印をつけた。

「見ての通り本当にバラバラ。でも、〈飯島団地〉の周辺ではあるんだ」

うん、と、行成も公太も頷いた。

「まぁ団地はほとんど町の真ん中にあるしな。敷地がデカイから町のどこを取っても団地の周辺だって言っちまえばそうなんだけどよ」

　公太が言う。

「確かにそうだけど、化け物騒ぎのあった場所の四ヶ所には、他に共通点がないか？」

「他に？」

　行成が首を捻った。

「あ」

　公太だ。

「線路の、いや駅の近くってことか？」

「そう」

　なるほど、って行成も頷く。坂見町自体には鉄道の駅はないけれど、その周辺には二本の私鉄とＪＲで合計三つの駅が近くにある。どれも坂見町の中心部から歩いて二十分圏内だ。

「どこも、駅から団地に向かうルートの線上にあるな」

「そういうこと」

「でもよ、それが何を意味するんだ？」

「わからない」

　なんだよ、って公太が顔を顰める。

「わからないけれど、化け物が現れたときに電車が通っていたとしたなら、仮にドローンだとしてもその音は聞こえないかもしれない」

　あぁ、って二人が頷いた。

「接近するときの音が聞こえないか」

「そうなんだ。でも、公太はまったく音が聞こえなかったんだろう？」

「まるでしていなかったけどな。でも、考えたら確かにあのときは高架を電車が走っていたかもしれない」

　行成が、首を捻った。

「仮に、近づくときのドローンのプロペラ音を電車の音がかき消していたとしても、電車が通り過ぎたら音は聞こえる。あのプロペラ音を完全消音するドローンなんか、まだ開発されていないと思うぞ？　いや、調べなきゃわからんがな」

「確か、消音装置のついたヘリはあるよな？　アメリカかどっかに。あのバカでかいヘリがほとんど音を消せるんなら、ドローンのプロペラの音を消すことぐらいはできるんじゃねぇか？　頑張れば」

　仮にそうだとしたら。

「〈飯島団地〉に住んでいる誰かが、それをしようと頑張っているのかもしれない」

十四　浜本晋一郎　無職

世捨て人のような暮らしをしていると言っても、テレビは観る。新聞だって読む。最近はあの二人が持っているiPadというタブレットなるものでネットニュースなんていうものを見ることもある。あれは老眼にも良いものだ。小さい文字を拡大して見られる。あれで映画も観られるのも知っているが、映画はやはり映画館で観た方がいいな、という感想は持った。もちろん、あれで観るような映画やドラマがあってもいいとは思うし、便利だと思った。

便利な世の中になっているのはよくわかっている。携帯電話だって、持っている。いや、スマホか。持たされた。カツヤとケイに。

ここまで世話になっている老人が散歩中に何かあったときに、後から、スマホ持たせておけば良かったと思いたくないそうだ。

この年で散歩中に何かあったなら、電話する余裕もなくポックリ逝くとは思うのだが、確かに若い連中にそんな後悔をさせたくはない。あのときにこうしておけば良かったという思いを抱えて生きるのは、辛いものだ。私はそれをいちばんよく知っている。

　メールとか、ＬＩＮＥとか、要するにそういうものもできるようになると便利だと二人に教えてもらったが、残念ながらよくわからない。いや、わかってはいるのだが、それを使いこなそうという意欲も動機もないのが事実。実際、連絡を取り合いたい人間などいなかったのだから。

　電話を掛けたり、受けることだけは簡単そうだから覚えようと思っている。

　本当に便利なものだと思う。私ほど年寄りではなくても、今五十代ぐらいの人間なら若い頃は携帯電話もなかっただろう。待ち合わせはあらかじめ固定電話で約束しておいて、その時間に遅れたり行けなくなったりしたら、連絡を取るのも一苦労だったのをよく知っているだろう。

　それが今では、どこでも連絡が取れる。

　そういえばポケベルというのはあったな。あれは私が定年退職する前には皆が持っていたはずだ。本当に技術の進歩というのは凄《すさ》まじい。今は、本当にかつて思われていた未来の時代が来てしまっているのだろう。残念なことに、私が生きているうちに簡単に宇宙旅行ができるような時代は来ないようだが。

　野崎《のざき》が待っててくれと教えてくれたのは、ファミレスだった。

　喫煙席があるし酒も飲めると野崎は電話で言っていた。そんな場所でいろいろと複雑な事情の話ができるのかと思ったが、考えてみればこういうところでは周りの話に耳を傾ける者などいない。それにそれぞれの席が仕切りに囲まれているので、内緒話にも最適なのかもしれない。

酒は飲まなくなって久しいし、まだ昼間だ。コーヒーを頼んだがちょうど昼時を過ぎた時刻。腹も空いていたので、カレーライスを頼んだ。こういうところのカレーを食べるのも随分と久しぶりだ。

野崎は、二年前に定年を迎えた。今は外郭《がいかく》団体の役員をしているという話だった。そこはなかなかのところで天下りには違いないだろうが、ただ籍を置いておけば給料が貰えるというようなところじゃない。ちゃんと自分の役割をこなさなければ、つまり仕事をしなければ肩身が狭くなるようなところだったはずだ。少なくとも私が知っている時代はそうだった。

野崎らしいと思った。

生真面目《きまじめ》な男だった。警察官はもちろん生真面目であることは重要な資質ではあるが、配属によってはそれが裏目に出るようなこともある。あいつの場合は大卒ではあったが現場を好み、自ら希望して長いこと捜査畑で過ごしてきた。その生真面目さは現場の人間にも好かれ、上からは信頼された。

私が警察を辞めてからどういう警察官人生を歩んできたのかはわからないが、何かに染まることはあっても、性根《しょうね》がそうそう変わることもあるまい。

ましてや、もう野崎も警察官ではない。知っている裏の事情を老いぼれに少し語ることぐらいはしてくれるだろう。

何よりも、野崎も宇田源一郎巡査部長とは長い付き合いだった。あいつなら、きっと宇田巡査のこともよく知っているはずだ。ひょっとしたら彼を刑事に引き上げたのは野崎かもしれない。

可愛らしいユニフォームを着た若いウエイトレスさんが、カレーライスを持ってきてくれた。いや、若いといってもひょっとしたら子供もいるような年齢かもしれないが、少なくとも私から見れば十二分に若い。

「旨いな」

カレーライスは好物だった。それこそ野崎とも一緒に署の近くにあった食堂に食べに行ったことが何度もある。ステンレスの皿に載っかってくるカレーライスで、あいつはいつも大盛りだった。しかも福神漬けを山ほど載せていた。そういえば、あの食堂で働いていた娘と結婚したのがいたな。誰だったか名前を思い出せないが。

食べながら物思いにふけっていたんだろう。テーブルに影が差すまで近づいてきたのにまるで気がつかなかった。

「ご無沙汰《ぶさた》しております。浜本さん」

「おう」

野崎だ。

焦げ茶色のスーツ姿。ネクタイが随分と派手な模様に見えるが、最近は年寄りでもこれぐらいは普通か。

随分と恰幅《かっぷく》が良くなっていたが、あの真ん丸の犬みたいな可愛らしい眼に変わりはなかった。スプーンを置いて、立ち上がって握手を交わす。

「元気そうだな」

「浜本さんこそ。嬉しいです。お元気でいらしたのは本当に嬉しいです」

そう言う丸い瞳が少し潤《うる》んでいるように見えた。

「何十年ぶりだかな」

「二十七年ですよ」

「そんなになるか」

なるのだ。考えてみたら、三十年近くもこの男に会っていなかった。まぁそもそも昔の仲間には全員、それぐらいは会っていないのだが。

一緒の課にいたのは八年ぐらいだったか。

「カレーですか」

「カレーだ」

そう言って二人で笑った。

「覚えていたか」

「忘れませんよ。満願《まんがん》食堂のカレー。よく一緒に食べましたよね」

どうぞ、食べちゃってくださいと野崎が言う。やってきたウエイトレスにコーヒーを頼んだので、ついでに私のも持ってきてくれと頼んだ。カレーはあと一口で食べ終わる。私が食べ終わったのを見て、野崎は煙草を出して、一本取り出した。

「まだ吸っているのか」

こんな時代にと言うと、苦笑いした。

「もちろん、仕事中は吸えませんがね。喫煙室もありませんし」

「どうしているんだ」

「人に会うことが仕事ですから、外に出ることが多いんです。とりあえず、不自由はしていません」

私たちの時代は、煙草を吸わない男の方が圧倒的に少なかった。むしろ、いなかったと言ってもいいぐらいだ。飯を食うのと同じぐらいに煙草を吸うのがあたりまえだった。健康上の理由で煙草を吸っていないという人間に出会うと、そりゃあ大変だと皆が一斉に煙草をしまって、入院しなくて大丈夫なのかと心底心配したほどだ。

「それにしても、本当にお元気そうで安心しました」

「八十には見えんだろう」

「まったくですよ。まだ六十代でも通用します」

「相変わらず世辞は下手だな」

二人で笑った。

昔の仲間はどうしているかという話がいつまでも続く。長く会っていないとそれだけ話題は尽きない。

「もう孫もいるんだろう?」

野崎がそういう話をいつまでもしないので、話を向けてやった。家族を失った私に、向こうからはし辛いだろう。

「とっくにです。二人いますよ。男の子と女の子です」

「そりゃいい」

野崎自身も男の子と女の子に恵まれたはずだった。息子は警察官にはならずに普通の企業に就職したはずだが、その子供だってもう管理職になっているぐらいの年齢だろう。

「それでだな、野崎」

「はい」

「昔話をするために、会いたくなって、わざわざお前が今どこにいるかを捜したわけじゃないんだ」

こくり、とゆっくり頷いた。

「それならそれで嬉しいんですが」

そうじゃないだろうとは思っていたと言う。

「何か、ありましたか？」

少し声のトーンを落とした。それに合わせて、頭を少し低くした。

「宇田源一郎巡査部長を、覚えているだろう」

ぴょん、と野崎は頭を上げて眼を見開いた。

「忘れるわけないでしょう」

そう言ってから、慌てたように右手を少し動かした。

「まさか、宇田さんがお亡くなりに」

「いや」

こちらも右手を軽く上げた。

「まだ、お元気なようだ。ただし、認知症を患《わずら》って施設に入っておられるようなんだが」

「そうなんですよ」

ふぅ、と息を吐いた。

「それは知っていました。一度お見舞いに伺いたいと思いながらも、果たしていませんが」

いるんだが。

自分だっていつどうなるかわからないのだから、そうなる前に一度だけでもと思っては
「あの宇田さんが、と思うと、どうしてもそういうお姿を見るのが忍びなくてな」

「私もです」

芯の通った人だった。警察官としてはもちろん、人間として。どんなときにでも背筋に
鉄骨でも入っているかのように背筋を伸ばし、真っ直ぐ前を向いているような人だった。

「宇田さん本人ではなく、宇田さんのお孫さんの話なんだがな」

野崎の眉がぴくりと動いた。

相変わらず正直な男だ。

「その反応を見ると、知っているようだな。今、どうしているかを」

少し唇を曲げて、頷いた。

「奈々川《ななかわ》市坂見町の〈東楽観寺前交番〉勤務でしょう。もちろん、知っていますよ」

「では、どうしてそこに飛ばされたのかも、知っているのか？」

困ったように首を傾げて、それから運ばれてきたコーヒーを一口飲んだ。

「どこからそんな話を聞いてきたんですか？」

「どこからも何も、私は奈々川市坂見町に住んでいるんだよ。彼の管轄内に住んでいる淋

しい老人だよ」

　あぁ、と、頷いた。

「そうでしたね。あそこの団地でしたね」

　まだお住まいになっていたとは、と続けた。それから、大きく息を吐いた。

「宇田巡巡査ですね」

「そうだ。会ったことはあるのか？」

「いえ、ありません。けれども、話はいろいろ聞いています」

「私は本当に風の噂程度なんだが、優秀なんだろう？」

　眼を大きくさせて、頷いた。

「刑事になるために生まれてきたような男だそうですよ」

　そこまで言うのか。

「彼は、見取りで三人も検挙したんですよ」

「見取りで？」

　見取りとは、街に出て文字通りその眼で通行人を見て、一般市民に紛れて暮らしている指名手配犯を捜すものだ。もちろん、指名手配犯の顔を覚えていないとできない芸当だし、そもそも指名手配の写真を覚えたところで、長い年月でまるで風貌が変わっている犯人もいる。

だから、それで犯人を見つけるなど、とんでもなく難しいことだ。

「しかし、見取りなどどこで」

「正確には、勝手に見つけたんです」

「勝手に？」

そうです、と頷いた。

「宇田巡巡査は警察学校時代、休日に街に出たときに見つけたんです。指名手配犯を、手配書もろくに確認しないまま」

嘘だろうと言いそうになったが、呑み込んだ。

それならば、すぐに刑事部屋に引っ張られたのも納得する。いや、そこまででなくてはそんな人事はあり得ないだろう。

納得した。

「勘なのか」

「勘、という話です。本人の弁によると、雰囲気だそうですがね」

「雰囲気か」

ゆっくりと頷いた。

「冷たいものが見えるような気がするそうです。そいつの背後に」

それは本当に、持って生まれた能力なんだろう。現場で何十年も犯罪を追ってきた刑事がようやく少し身に付けるような感覚を、宇田巡巡査は生まれ持っていたんだろう。

「その話は、誰から聞いたんだ」

野崎は、溜息をついた。

「どうしてそこに顔を突っ込もうと思ったんですか。今になって」

「ある人に頼まれた」

「ある人？」

私も、周囲に眼をやってしまった。そして、テーブルに身体を倒して顔を近づけた。野崎も、そうする。

こいつも、宇田源一郎巡査部長の世話になった男だ。噂ぐらいは聞いたことがあるはずだろう。

「奈々川市に、宇田源一郎巡査部長の知り合いで議事堂のひも付きの女がいることを聞いたことはないか」

野崎は、一瞬身体を起こして私を見る。

「あります」

「その人だ」

名前は教えない。

天野さくらさんは、そういう女性だ。

今も国家の中枢《ちゅうすう》にいる議員様に繋がっている。しかもその議員様は、今ではもう誰も触れることもできないほどの大物になっている。二人の繋がりは金銭や損得ではなく、恩情や友情というもの、だ。そういう話だ。そしてそういう繋がりはどちらかが死なない限りは決して消えない。

野崎は、唇を歪めた。

「いつかはそんな話が出てくるんじゃないかって思っていたんですけどね」

「思っていたのか」

「そりゃそうですよ。宇田源一郎巡査部長のお孫さんが、飛ばされたんですよ。それも宇田さんに縁のある奈々川市にですよ。もう何年経ちました？」

「三年目と言っていたな」

「これまで出てこなかったのが不思議ですし、そもそも何でそこに飛ばされたのかも不思議でしたよ」

その辺はわからないんだが。

「宇田巡査を刑事部屋に引き上げたのは、お前なのか？」

「違いますよ」

ぶんぶんと首を横に振る。

「誰だ。もちろん、これで何かをしようってんじゃない。お前に迷惑など掛けない」

　野崎は、深く息を吐いた。

「二井沢智明《にいざわともあき》警視正ですね」

「二井沢？」

　知らない名前だ。野崎が小さく頷いた。

「浜本さんは知らないでしょう。ほとんど入れ替わりでしたからね。それでも、あいつも宇田さんにお世話になった男なんですよ。特に、宇田巡査が警察官になったときに上にいた男ですから、目をかけていたんです」

　そうなんだろうな。もう今のトップの連中は私より後に入ってきたような年齢ばかりだろう。

「では、その男が何かやらかしたのか」

　顔を顰めた。

「久保一誠《くぼいっせい》という男がいます。こいつも今は警視正です」

　その名前も知らない。知らないが、そうして警視正が二人も出てくるということは。

「派閥か」

　渋面《じゅうめん》を作って、野崎が頷いた。

「それもあります」

「も、か」

「も、です」

コーヒーを飲んで、野崎はちらりとまた周囲を見た。大丈夫だ。今、私たちの周りの席には誰もいない。

「あくまでも噂です。誰も確かめようとも思いません」

「そうなんだろうな」

そんなような話は私が在職中にもいくつかあった。

「久保警視正には、いろいろと癒着《ゆちゃく》の噂はありました」

「横流しとかも含めてか」

「でしょうね。これがまた久保警視正の親父というのは、本部の人間でした」

そっちか。身内が殺されると警察は地獄の果てまで犯人を追いつめるが、身内の犯罪にはとことん甘いのはいつまで経っても変わらない。

「ところが、宇田巡巡査はその眼で久保を見たんですよ」

「見たのか」

冷たいものを見通すその眼で。

「それを見なかったことにするなんてできなかったんでしょうね。やはり宇田源一郎巡査部長のお孫さんですよ」

「だろうな」

あの子は、そういう若者だ。そういう眼をしていた。

「それでも、誰にも言わずに密かに一人で調べたんじゃないですかね。それぐらいの分別はあったんでしょう。調べて、驚いたことに決定的な証拠を摑《つか》んだんじゃないかって話ですよ」

「摑んだのか」

それも、驚きだ。どうやって一人で調べたのか、本人に訊かなければわからないのだろうが。

しかし、話は見えた。

「それを、二井沢に伝えたのか。現職警視正の不正を。しかし、それを告発しようとした二井沢は結局パワーゲームに負けたという顚末《てんまつ》か」

「いや、そこは違います」

「違うのか」

野崎は少し首を傾げた。

「まぁ本当のところは誰にもわからんのですけどね。パワーゲームに負けたのなら二井沢も今そこにはいないでしょう。ところが、今もいる。いるのに宇田巡巡査だけが、とんでもなく優秀な刑事だけが突然のようにハコ詰めの巡査として交番に飛ばされた」

「それでは、二井沢にも宇田巡査は裏切られたという話なのか」

「わかりません」

確かにわからん。裏切られたのならそれこそ本当に離島の駐在に行ったっておかしくないし、逆にその不正を押し付けられて首切りにあってもおかしくない。

しかし、ごく近所の交番にいる。

妙な話だ。

「そもそも二井沢はそんな男ではないと思います。本当に現職警察官の不正の事実を摑んだのなら、どこが吹っ飛ぼうがきっちりカタはつける男ですよ。だから、これはあくまでも私の考えですけどね」

「うん」

「宇田巡査が自分から、異動を願ったのではないかと」

「何故だ」

「二井沢に迷惑をかけないため、でしょうね」

「それはつまり」

ようやく、ピンと来た。

「宇田巡査は今も久保の汚職や不正や癒着の証拠を、それはどんな形で保存しているとかも含めて、全部一人で握っているという話になるのか」

ゆっくりと野崎は頷いた。

「そうなのではないか、と」

なるほど。

「もしも、久保警視正の癒着や汚職の証拠を握っているのなら、それを発表したらたぶん今の本部の上は全員吹っ飛ぶでしょうね。そんな部下を子飼いにしていた二井沢もただじゃすみません。だから、宇田巡査は自分一人で何もかも秘密の箱にしまい込んで、交番に引っ込んだと」

「二井沢は何も知らない可能性もあるのか」

「何もってことはないでしょうけどね。少なくとも宇田巡査が身内の何かを握っているというのはわかってるでしょう。私の耳にもこれだけ入っているんですから」

「そうだな」

上層部の人間にだけ、そういう話は流れる。現場の人間には何も知らされない。そういうものだ。

「だけど、まぁ宇田巡査の意を汲んだ、ってことでしょうかね」

「そうかもしれんな。異動先が奈々川市になったのは、せめてそばに置いておきたいという二井沢の意向が働いたのか」

「そんな感じですか」

繋がった。

「それで、監察が動いているのがわかったよ」

「監察官室が動いているんですか⁉」

「おそらくは」

「いやしかし」

野崎が慌てたように言う。

「もしも詳しく調べたりしたら、本当にどこもただじゃすみませんよ。下手したら私のところにも火の粉が」

「身に覚えがあるのか？」

睨むと、慌てたように手を顔の前で振った。

「ありませんよ。けれども、少なくとも私の在職中にあったことでしょうからね。間違いなくとばっちりは来ますよ」

「だろうな。ただ、話では調べているのはたった一人なんだそうだ」

「一人で？」

「それはないよな」

「ないでしょう」

そこは変わらんだろう。監察官室が一人で動くはずもない。

「いやしかし、どうしてそれが知れたんです？　そもそも監察が動いているなんてのを知られること自体がとんでもない話ですよ」

「そうなんだが、そこは私もよくは知らない。知らないが、間違いない話だそうだ」

「だとすると」

野崎が首を捻る。

「その男も、スタンドプレイですかね。それこそ宇田巡査がしたように」

「そうなのかもしれんな」

結局そこはその男が何者かを確かめなければわからない。しかし、これでさくらさんには報告ができる。

そして、どう対処すればいいかも見えてくる。

十五　大村行成　副住職

人生いろいろ、って台詞を実感込めて吐くにはまだ若いんだろうけどな。少なくとも一般企業のサラリーマンよりは坊主の方が人の人生を覗き込む機会は多いと思うよ。

その坊主よりも、もっと溜息交じりにその台詞を吐けるのはたぶん警察官だろう。

この町は犯罪多発地帯でもないし、ましてや殺人事件なんてそうそう起こらない。少なくとも巡が赴任してきてからは一回もない。

それでも、本当に交番のお巡りさんってのは大変だ。どこぞのスナックでホステス同士がケンカをしてるだの、車がエンストしてしまって道路の真ん中に停まっているだの、うちの猫がいなくなったんだけど捜せないかだのとそれぐらい自分たちで何とかしろよと思うものでも一一〇番されて交番にお鉢が回ってくる。

「人間という生物がイヤにならないか」

「そんなことはないよ」

夜の十一時を回っている。引き継ぎは終わったのにその直後に車の自損事故があって、手が足りないからとそのまま現場に回って今帰ってきたそうだ。

角のコンビニでばったり会ったので、一緒に帰ってきて部屋に上がり込んだ。今夜は晩飯も食えていなかったようで、お弁当を買ってきていた。

いろいろ話がしたかったんだが、この二日ばかりはなかなか時間が合わずに、合ったとしても勤務中にできる話でもなかった。

「一本電話すりゃ晩ご飯を残しておいてやるのに」

「それはおばさんに申し訳ないよ」

「んなことはない。おふくろはお前に飯を食わせることに生きがいを感じているんだ。実の息子にはそんなことは感じていないのに」

笑ったが本当だ。何だったらこの庵に住まずに、寺に来て住んでもらった方が毎日のご飯を作ってあげられるのでそうしないかと折に触れ俺に言ってくる。

「本当にそうしてもらった方が俺もいちいち返事をしなくて助かるんだがな」

「まぁ、もう二年は過ぎているから、交番の近所であればどこに住んでも問題はないんだけどね」

「そうなのか」

「そうだよ。ここに住む義務があるのは一年間のみ。規則ではないけれども、そういう慣習になっているんだ」

「しかし家賃がタダなんだから、結婚でもしない限りは出て行かないよな」

「その通り」

「じゃあ、ここを出る日も近い、と」

きょとんとする。

「あおいちゃんと結婚したら出るんだろ？」

笑った。

「まだ早いだろうそんな話は」

まぁ早いけどな。

「ところでな、巡」

「うん」

「たぶん、お前は話さないんだろうけどさ」

なんだよ、ってまた笑った。

「お前がどうしてここの交番に飛ばされたのかって話なんだがな」

「あぁ」

電子レンジがチン！　と音を立てた。立ち上がってレンジまで行って、温まったお弁当を持ってくる。

「その話はしないって言ったよ」

「言ったけどな。どうしても話してもらわなきゃならなくなったんだ」

巡の眼が細くなった。

「何があったの？」

蓋を開けると、旨そうな牛丼弁当の匂いが広がる。

「俺も何か買ってくりゃよかったな」

「半分食べるか？」

「いいよ。しっかり食べろ。ただでさえ痩《や》せ過ぎだってあおいちゃんもおふくろも心配している」

「ありがたいけどね」

パクつきながら、箸《はし》を動かして、それで？　という顔を見せた。

「どうしてその話を聞かなきゃならないって思ったの？」

「お前のことを見張っていた刑事がいたんだ」

え？　と口を開けた。

「刑事が？」

「そうだ」

「僕を？」

「そうだ」

「見張っていた？」

「そうだ」

巡の右眼が細くなった。

「まさか、あおいちゃんが？」

「その通り。卒業式の日だ」

お前のことを見張っている男の気配を、あおいちゃんが感じた。

「まったく超能力少女だよな。あ、もう社会人だから少女でもないか」

「身元を確かめたのかい。あれで」

「ご明察」

掏摸の能力を使って何者なのかを確かめようとした。

「警察手帳を持っていたってさ。ヤバいと思って掏ることはしなかったので、名前とかはわかっていないけどな」

こいつはあおいちゃんのことはもちろん好きだが、掏摸の能力を使うことは良くは思っていない。まぁ確かにあまりやらない方がいいとは思うが。

「あおいちゃんが言うなら、確かにそうだったんだろうね」

「間違いないだろうさ。それでな」

持ってきたデジカメを出した。データはあおいちゃんから貰っている。

「お前と一緒にいるときに、周りの写真を撮りまくった。誰かの視線を感じたり、そういう気配を感じたときには特に」

あぁ、と、箸を持ったままおでこを何度か指で叩いた。

「それでだったんだ。なんかやたらと写真を撮っているなとは思っていたんだけど」

「それでだったのさ。そして、何枚かそいつを撮れた。お前を見張っていた刑事をな」

「本当に？」

「本当だ」

ディスプレイに映し出す。

「こいつだ。見覚えあるか?」

若い男だった。少なくとも、俺たちとそんなに変わらないぐらいの。

巡の眼が大きくなった。箸を口にくわえて両手でデジカメを持って、ディスプレイを覗き込んだ。

「知り合いか?」

小さく息を吐いて、頷いた。

「柳《やなぎ》だ」

「柳?」

「同期だよ。同期の男だ」

「やっぱり、刑事なのか?」

顔を顰めた。

「刑事、とは呼べないかな。たぶん」

「たぶん?」

今度は、大きく息を吐き、ディスプレイを見つめながら、眼を細めた。

「何をしているんだかな」

十六　市川公太　音楽事務所社長

「商店街のさ、駅前の何とかってアクセサリー屋があったじゃん。何年か前にできたやつ」

あぁ、って美春がキッチンで片づけをしながら頷いた。

「あったわね。でも、あそこ閉店したよね？」

「そう、閉店したのさ。でさ、たまたまばったり不動産屋に会ったからさ。ほら〈鷺沢《さぎさわ》不動産〉」

「マッキーのところね」

「そうそうマッキー」

真紀子《まきこ》ってんだよな。美春とは高校んときに同じクラスだったんだ。今はもう結婚して家を出ちまっているけど。おやっさんがまだやってんだよな。

「訊いたんだよ。家賃どれぐらいなのかって。そしたらさ、鷺沢の親父さんさ。もしも改装とか自分でしてくれるんだったら格安にしとくって言うんだよな」

「改装？」

「改装」

「改装してどうするの？」

「ライブハウス作ろうかと思ってさ。ほら、あそこの店って、店っていうか建物な。あれは三階建てなんだけど、地下あんだよ。知ってたか？」

「え、知らない」

あるんだよそれが。

「アクセサリー屋の前の前の前ぐらいには居酒屋だったんだよ。地下への階段が店の中にあるっていう変な作りでさ」

地下だからどんだけ音を出しても大丈夫だし、両隣はどっちも人は住んでいない店舗だけだ。

「だから、昼間はカフェでもやって夜はライブハウスってのにぴったりなんだよな。一階と地下でうまいこと商売できればいいかなって」

あー、って美春がエプロンを外しながらこっちに来た。

「はいママ」

「はい。これは洗濯機ねー」

最近の空は電化製品のチラシの写真を切り取って集めるのがマイブームなんだよな。子供用のハサミが三個もうちにあるぜ。

「それで今日泰造くんが来るのね？」

「そう」

まぁ、って少しだけ顔を顰めて美春が言う。

「そういうお店をやるのは、あなたは専門家みたいなものだから反対はしないけど」

「大丈夫だって」

身の丈《たけ》ってやつは心得てるし、今までやってきた店だって儲《もう》からなくて潰《つぶ》したことはただの一度もない。あんまり利益が出ないからさっさと鞍替《くらが》えしたのはけっこうあるんだけどさ。

「ただのライブハウスじゃなくて、泰造のスタジオも兼ねるんだ。そこでアルバムなんかも全部作れるようにさ」

「え、でも事務所は伯父さんのところにするのよね？」

「そりゃもちろん。でもまさかあの狭いスーパーの事務所でさ、他のアーティストを抱えたときに打ち合わせするわけにはいかないだろう」

「まぁ、そうね」

「自分のところの店ってもんを構えておけばそこでいろいろできる。事務所とライブハウスの経営を別々にしておけばさ。将来、泰造がどうにもならなくなったときにライブハウスの親父で食っていければいいじゃん」

美春が、ニコッと笑って頷いた。

「そうね。それはいいわね。あ、ねぇもしもカフェをやるならね」

「おう」

「ゼッタイに、子持ちの主婦が入りやすいカフェにして。変にオシャレに走ってカッコつけないで。子供もお母さんも楽しめるところにして」

子連れの主婦層狙いか。

「だって、知ってる？　坂見町はここ何年も家族が暮らしやすい町ってことでどんどん若い夫婦の世帯数が増えているのよ。東京からも近くて古くからの商店街もショッピングモールもあって、何よりも病院とか保育園とかもすごく充実してるって。だからね」

「そういう若い子持ちの夫婦が気楽に入ってこられる店を作っていった方が、後々のためにもいい、か」

「そう」

確かにそうか。そういや巡も言ってたもんな。坂見町はどんどん子供が増えているから、ここ何年かのうちに交番の数が増えるかもしれないとか。

「お」

ドアチャイムが鳴って、空がピョン！　と飛び上がって大声で言った。

「たいぞうちゃん！　きた！」

いくら泰造のマイブームがたい焼きだからって十個も買ってくることはないと思うんだが。まぁこいつが自分で食べるからいいんだけどよ。

「いや、それいいんじゃない？　マジで！」

「いいか」

ライブハウスとカフェの話をして、ついでに美春が言っていた子持ちの主婦が入りやすい店の話をした。

「オレ、子供好きだしね」

「だよな」

俺も最近知ったけどな。こいつが本当に子供好きだって。空のことなんか、まぁ姪っ子のせいもあるけれどもまるで孫に接するじいさんみたいに、眼の中に入れても痛くないって感じで可愛がっているんだぜ。

「いや、偶然だけどさ兄貴」

「なんだ」

美春が濃い日本茶を淹れてくれた。たい焼きには日本茶だよなやっぱり。

「オレ、子供向けのＭＶを作ろうと思ってたんだよね」

「子供向け？」

「そう。『ポンキッキーズ』みたいなさ。音楽的にもめっちゃスゴイくせに、子供が思わず身体を動かして一緒に踊ったり歌ったりしたくなるようなの」

おお、それいいな。

「お前、そもそも子供に好かれるデブ体形だしな」

「そう、トトロかムーミンかっておい！」

美春が笑って、空も笑った。トトロ好きだもんなー。そうか泰造のこと大好きなのはトトロと同じだからか。

「そのカフェだってさ。ただのカフェじゃなくてさ、ジーニアスバーみたいなのにしちゃえばいいんじゃね？」

「ジーニアスバー、ってなに？」

美春がきょとんとした顔を見せた。

「それはアップルストアにあるんだ。要するにMacのプロがそこにいて、何でも教えてくれてどんな無茶ぶりにも応えてくれるのさ」

「え？　コンピュータの店にしちゃうの？」

「違う違う。音楽のさ」

ニコニコしながら泰造は手をひらひらさせた。

「子供って音楽好きじゃん。音楽かかったら自然に身体が動くじゃん。空もそうだろ?子供番組観てさ、一緒に踊ってんだろ?」

「踊ってるわね」

そう、確かに踊ってる。

「でもさ、そういう子に音楽習わせてみようかって思ってもさ、音楽教室とか通わせるってけっこうハードルが高いじゃん。金もかかるしさ。でも、そこに来ればさ、キーボード弾いたりギター弾けたり子供にも教えてくれたり、音楽でダンスしたりさ。その間にお母さんはお茶飲んでお喋りしてのんびりできるとかさ」

「おお!」

思わず声が出ちまったよ。

「いいな! それなら昼間のライブハウスの有効活用できるな!」

マジでいい。そんなところまでは全然思いついてなかった。

「それなら本当にマジで夜までライブハウス閉めてなくてよくなるな」

「でしょでしょ?」

そしたら、あれだ。

「本格的に音楽を習いたいなんていう注文が出てくるようなら、あれだ。お前の知ってる貧乏なミュージシャン連中に声掛けてさ、中には人に教えるのが上手な奴だっているんじゃないのか？」

いるいる、って泰造は頷いた。

「ちゃんとした音大とか、教育大学出てるような連中だっているよ。そんなの出てなくたって、子供好きなミュージシャンなんてたくさんいるよ」

「そいつらに、バイト代出して音楽を教えさせればいいんだ。普段はあれだよ。カフェのコーヒー代プラスアルファだけで音楽を楽しめるけど、ちゃんと習いたい子供がいたら月にいくらとかの月謝にしてな。本格的な教室じゃなくて、あくまでも音楽好きな子供のためだからお安くして、その金はそのままそいつらのバイト代に回してやりゃあいい」

「そしたらさ、そいつのライブとか聞きに来てくれるかもしれないじゃん」

いいね。回るね。

商売において、回るってのが何よりも大事なのは経営者だったら誰もがわかることなんだよ。とにかく、何であろうと商売は回さないと、回っていかないと成り立たないんだ。それはもうどんな商売でも同じじよ。

「何か、すごく良さそう」

美春が嬉しそうに言ったから、大丈夫だ。このアイデアは当たるかもしれない。

「でもさ、そんなライブハウス作ったりする資金はあるの？」

「ない」

ぶっちゃけ、ない。

「機材は何とかなるよ。時間掛ければね」

「おっ、そうか？　知り合いとかかからか？」

「知り合いもそうだけどさ。ビデオ作ってもらってるケイとカツヤいるじゃん」

いるな。ケイとカツヤ。

まだ会ったことないんだけどさ。同じ団地にいるっていうからそのうちに家に遊びに来いって言ってんだけどな。

「あいつら、とにかくメカとコンピュータはマジでジーニアスだからさ。そして機材なんかもあちこちから型落ちとか貰ってきて修理しちまうんだ。もうピッカピカにさ。撮影に使ってるドローンなんかもほとんどハンドメイドだからね。だから、時間さえくれれば音響ものとか楽器とかそういうのは全然マジオッケー」

「いいねぇ。その二人ってさ。うちの社員とかにできないのか」

社員にしちゃえば給料だから、ギャラの相談とかしなくて済むのに。

「できるもんならしちゃってもいいんだけど、でもあいつらもあいつらなりの夢とか目標とかあるみたいでさ」

そうか。夢とか目標か。

人生ってそういうもんがないとダメだよな。若者がそういうものをしっかり胸に抱えてんのはいいこった。

　いや、待て。

　待て待て。

「泰造、今何て言った？」

「え？　夢とか目標とかあるって」

「いやその前」

「マジオッケー」

「もっと前に、ドローンをハンドメイドって言わなかったか？」

「言ったね」

　ドローンをハンドメイド？

　あんな複雑そうなもの、手作りできんのか？

　いやそれ以前に。

「ケイとカツヤって」

「うん」

「二人ともこの〈飯島団地〉に住んでんだよな」

「そうだよ」

　泰造が、きょとんとした顔をする。今更何を言ってるのって。

「お前」

いやまて。

そういえば泰造には、あの事件のその後のことを何にも話していなかったっけ。

「あのよ、ＣＤが盗まれた話はしたよな？」

「したね。交番で。盗まれたっていうか、兄貴が化け物に出くわして落として逃げたら楽器店に届けられていたんでしょ？」

「そう、それ。その話、その後どうなったかを言ってなかったよな」

うんうん、って泰造が頷いた。

「何にも聞いてないし、終わったもんだって思ってたけど違うの？」

「その問題の〈化け物〉がさ。俺が見た奴が、ひょっとしたらドローンじゃなかったかって話をさ、巡と行成としてたんだよ」

「ドローン？」

泰造の顔が歪んだ。

こいつもバカじゃないからすぐに察しはついたよな。

「そしてな」

「うん」

美春の方を見たら、美春も大きくうんうん、って頷いた。

「こないだ、あおいちゃんと杏菜ちゃんが来て団地の写真を撮っていたときにな。美春も一緒にいたんだけど、ドローンみたいなそうでないような変な飛行物体がこの〈飯島団地〉を飛んでいたのを目撃したんだ」

「マジで？」

「マジだ。その動画は俺も見た。待ってろ」

しっかりiPhoneに動画のデータを貰っておいた。探して、流す。

「見ろ」

泰造にiPhoneを渡すと、眼を凝らしてマジな顔をして見つめた。

「音は入ってないんだ」

「入ってない。動画だけ」

わ、とか声を出す。

「確かにドローンっぽいって言えば、そうだな」

「だろ？　そしてな」

「うん」

「ドローンがこんなところを飛んでるってことは、近くに操縦者がいるってことだろ」

そうだね、って泰造は画面を見ながら頷いた。

「もう少ししたら、ベランダにいる若い男が映る。それをよく見てくれ。操縦者かどうかはわからんけど、見渡したときにいた人間はそいつらだけだったんだ」

もしも、ケイとカツヤだったとしたら。泰造が思わず顔を顰めた。画面を思いっきり凝《ぎょう》視《し》した。

「わかんないな。でも」

「どうだ？」

「でも？」

俺を見て、少し情けない顔をした。

「全体の雰囲気は確かに二人に似てる。でもさ、これどこの棟かわかんないけどベランダに、三階のベランダにいるだろ？」

「いるな。たぶんこれはG棟じゃないか」

この動画にはどこの棟かわかるような目印が何にも映っていないんだ。

「あいつらの部屋は三階じゃない。一階だって言ってたよ」

「どこの一階だ」

「N棟1の101」

N棟1の101か。端っこだからけっこうこのB棟からは遠いな。何たってこのバカでかい〈飯島団地〉はA棟からN棟まであってしかもそれぞれ1から9まであるんだ。

何時だ。八時か。まだ全然大丈夫だな。

「電話できるかケイとカツヤに」

「できるけど」

「今、部屋にいるか訊いてくれ。そしていたならちょいとこれから会いに行くから待っててくれって」

泰造が自分のiPhoneをポケットから取り出した。

「兄貴が？」

「もちろんだ。警戒させるな。今、俺のところにいてお前たちの話をしてて会いたいから会いに行くってな。この動画の話はするな」

いやいやいや、って泰造がぶるん、って首を振った。

「まさか兄貴、あの二人がその変な化け物みたいなドローンを飛ばしているって思ってるの？　犯罪者だって？」

「そうは言ってない」

疑ってるけどな。

「それに、犯罪者だなんて思ってない。あの化け物みたいなドローンは確かに人を驚かせているけど、何も犯罪はしていねぇよ」

「そうなの？」

「そうだよ。犯罪やってたら今ごろ巡に取っ捕まってるぞ。ちょいと人を困らせているかもしれないって程度だ。何よりもな、泰造」

「うん」

受け売りだけどな、巡の。

「明らかに、何らかの目的があってこの化け物ドローンは飛ばされているんだ。この団地を中心にしてな。化け物騒ぎの中心地がこの〈飯島団地〉じゃないかって巡は思ってんだ。あのキレッキレのお巡りの巡がよ」

「何らかの目的って」

泰造が、心配そうな顔を見せた。

「それを確かめに行こうぜ。いやまだケイとカツヤの仕業って決まったわけじゃないけどな。仮によ、二人じゃなかったとしても、だ。ケイはドローンを操縦してんだろ？」

「そうだね」

「じゃあ、この映像を見せたら、何であるかがわかるかもしれないじゃんか」

☆

遠いわ。N棟。

「こんなところまで来たの初めてだぜ」

「そうなの？」

「そうだよ。何が悲しくてこんなマンモス団地の端から端まで歩かなきゃならねぇんだよ。来たことねぇよ」

これで子供の頃からこの団地で育った、ってんなら別だろうけどな。きっと毎日団地の中を自転車か何かで走り回って探検したと思うぜ。こんな団地、子供の頃なら絶好の探検地帯だよな。

「団地の子、って付き合いなかったよねオレら」

「だな」

小学校や中学校は、俺たちとは学区が違うからな。高校になってから何人か団地に住んでる奴はいたけど、その年になったら今更団地がどうこうで騒いだりしねぇしな。

「もうその頃には〈スラム団地〉始まってたしな」

「だね」

俺は差別なんてもんはしないし、そもそもろくな人間じゃなかったたってのは自覚してっからさ。ここに不法入国の外国人がたくさんいるとか、ろくでもない連中の住《す》み処《か》になってたって別になんとも思わない。

思わないけど、結婚して子供ができて、そして真っ当な暮らしってもんに気づかされた今は、いろいろと考えるところはある。

「ここはよ」

N棟に向かって歩きながら泰造に言った。

「一人暮らしの老人とかもとにかく多いんだ」

「あれだよね。テレビの特集とかでもやってるよね」

「そんなの観るのかお前」

もちろん、って泰造が頷いた。お前今気づいたけど、俺より身長高くなってねぇか？　横にも縦にも伸びてんじゃないのか。

「音楽ばっかりやってたってさ。いつか何にもなくなっちゃうんだよ。感性っていうのはね、いろんなツブツブのもので磨くことでどんどん光っていくもんなんだよ」

こいつは本当に顔に似合わないことを言うよね。いや似合ってんのか？　マジでムーミンみたいな顔をしてさ。

「その通りだな。あそこだな」

あった。N棟。N棟1の101だから、あれか。部屋に明かりはついてるな。

「俺がきっちり話すからな。お前は黙っていいから」

「わかった。でも兄貴」

「なんだ」

泰造が俺を見た。

「何があろうと、あいつらはいい奴だよ。それだけは間違いないからね」

「わかった」

大丈夫だ泰造。俺はお前のその感性ってやつを全面的に信用してる。あと、それと同じぐらいに巡のカンってやつもな。

ピンポン、って本当に古くさい音がするんだここのチャイムって。うちのもそうだから同じなんだろうって思って押したら。

なんか違った。

ミャンミョン、ってな感じみたいな音。

泰造が笑った。

「なんだこの音」

「デジタル合成音だね。あいつらが作ったんじゃないかな」

そんなことまでしてんのか。楽しいじゃないか。ドアの鍵が開けられたからてっきり若い小坊主二人が出てくるのかと思っていたのに。

なんか違った。

おじいさん。おじいさんが出てきた。

白い開襟シャツにスラックスの、古くさい格好をしたおじいさん。

泰造と二人で眼を丸くしちまった。

「今晩は。夜分遅く申し訳ございません」

そこはそれ。社会経験豊富で事務所の社長さんだよ。すかさず大人の顔になって丁寧にお辞儀をしたよ。

「市川と申しますが、こちらに鈴木《すずき》勝也《かつや》くんと池田《いけだ》啓吾《けいご》くんがいらっしゃると聞いてお伺いしたのですが」

「あぁ」

おじいさんが薄く微笑んで、頷いた。

「どうぞどうぞ。いますよ」

「お邪魔いたします」

おじいさんが中に引っ込んでいった。小声で泰造に言った。

(何だよじいさんがいるなんて聞いてないぞ。それなら手土産《てみやげ》のひとつも持ってきたのに)

(オレも知らなかったんだよ。っていうか表札違ったよ。〈浜本晋一郎〉ってなってたよ)

(マジか。見てなかったよ)

ひょい、って若い顔が中から覗いた。

「ども」

「よっす。悪いね夜分に」

泰造が言った。

こいつが、ケイかカツヤかどっちかかって思ってたら、もう一人顔を出した。

「初めまして。市川社長」

「おう。どうも」

「鈴木勝也です。こっちが池田啓吾です」

なるほど。明るく社交的な営業係がカツヤで、無口な技術畑がケイってことか。

で、あのおじいさんは、誰だ。

いや浜本晋一郎さんっていうのはわかったけど、どういう関係なんだ。どっちかのお祖父ちゃんなのか？

十七　宇田巡　巡査

本当に、何をやっているんだろう。柳のやつ。

「同期で、刑事とは呼べない、っていうのは」

行成が唇を歪めた。

「あれか。よく小説とかに出てくる公安とかなんとか、そっちの秘密っぽい方なのか」

「よく知ってるね」

マジか、って驚く。

「でも、言えないんだ。言えないというか、本当に知らないんだよ。彼がどこに所属しているのか。それは上層部の人間以外は誰も知らないんだ」

「でも、同じ警察官なのにどこに所属しているのか知らないってことは、公安とかなんとかかんとかとか、要するに身内なのに誰にも教えられない、そういうようなことをやっている秘密の部署ってことだよな？」

「まぁ、そういうことになるのかな」

公然の秘密というか。

「公安さんもそうだけど、上の方の人間はわかるよ。あの人は公安のトップの人だね、とか。それは対外的に人に接する立場の人だけね。そうじゃない現場の人間っていうのは本当に教えられないし、知ろうとしてもダメなんだ」

「それぐらい機密性の高い仕事をしてるってことなんだろう？」

そういうこと。

「本当かどうか僕には公安の知り合いがいないからわからないけど、何をしているのか家族にも内緒にしなきゃならないような部署もあるらしいね」

「家族にもか」

「そう。妻にも子供にも親にも内緒。ただ、公務員として仕事をしてるってことだけ」

行成が顔を顰めた。

「ドラマならおもしろいけど、当事者はたまったもんじゃないな」

「たまったもんじゃないけど、そういうものが必要なのが今の世の中ってことだね」

「今というか、昔からだろ。人類が文明を手にしてからずっとそういうものは存在しているんじゃないのか」

確かにそうかも。

「そういう意味では宗教と一緒かもね」

あぁ、って頷いた。

「確かにな。そうかもしれん。まぁそれはいいとして、この柳くんは秘密の仕事をしている公安さんで、お前のことを見張ってるってどういうことだ」

どういうことなのかな。

「公安じゃないよ柳は」

「違うのか。何だ」

たぶん、でしかないんだけど。

「監察だね」

「観察？」

「今、物事を観察する、の観察で言わなかった？」

「言った」

「違うよ。監督して視察する、の監察」

「それって」

行成が眼を丸くした。

そう。

「警察の中の警察。警察官の不祥事の捜査や、服務規定違反などの内部規則を犯したと思われる警察官を取り調べたり、警察内部の犯罪の取り締まりや監視をする役目の人たちだね」

「それに眼を付けられるって、めっちゃ拙《まず》いことだろう」

「拙いね」

「何をやったんだ、お前」

思わず溜息をついてしまった。

「知られたくはないんだけどなぁ」

「そりゃそうだろうよ。そんな監察に見張られる不正をしてるなんて誰にも知られたくないよな」

「してないよ」

笑った。

「わかってるよ。冗談だ。お前がそんな不正をするはずがない。それにだ、監視ってのは一人でやるもんじゃないだろ。チームでやらなきゃきっちりできないだろ」

その通りだね。

「何事にも例外があるだろうし、実際僕も監察の人たちがどんなふうに仕事をするのかは知らないけど、基本的には二人以上のチームで監視をするね。それは刑事も同じだよ」

「だったら」

行成がカメラを軽く叩いた。

「この柳ってのは一人で行動してるぞ。しかも毎日とかじゃない。不定期に現れているみたいだが、何をしてるんだ」

「そこだよね」

本当にこれはわからない。

「仲が良かったのか。同期ってことは」

「悪くはなかったよ。彼はすごく優秀な男でね。誰からも一目置かれていた。だから、警察学校を卒業する前に一人だけどこかへ行ったのを誰も不思議がらなかった」

「どこかへ行ったって」

「噂でしかないんだけどね。監察官室に新人を入れるときにはそうするんだって。誰にもどこへ行ったかわからないように」

「マジか」

たぶんね。

「だから、間違いなく柳は使いっ走りの仕事をしていると思う。その関係で僕を見張ったりしていたってことは」

「ことは？」

教えたくはない。でも、しょうがないんだろうな。その歴史が始まって以来〈東楽観寺前交番〉と密接な関係にある〈東楽観寺〉の副住職である行成には、いつか教える日が来るかもしれないって思っていたんだけど。

「僕が持っている〈ある証拠〉について柳は知ったんだと思う。知り得る立場にいるんだろうね。そして、誰かの命令なのかあるいは個人的な狙いなのか、その〈ある証拠〉を今も僕が持っているのかどうかを確かめようとしているのかもしれない」

また溜息が出てしまった。

「何となく、変だなとは思っていたんだ」

「何が変だったんだ」

部屋の中を見回した。

「何となくだけど、部屋の雰囲気が違うことがあったんだよ。一週間ぐらい前だったかな」

「雰囲気が違う？」

そう。

「雰囲気としか言い様がないんだけど、あれはきっと柳が僕の留守を、留守っていうのは交番にいないときだね。それを見計らってここに忍び込んで家捜ししたんだと思う」

「家捜しって、お前それは犯罪だろう。捜索令状もなしで」

その通り。

「普通ならね。でも、きっと普通じゃない状況なんじゃないかな。そして監察だったら、家捜しの形跡なんかまったく残さずに、冗談抜きでチリ一つ動かさないで捜索ができるんだよ」

「マジか」

「そういう技術がないとやれないんだ。彼らの捜索能力に比べたら普通の刑事のガサ入れなんか幼稚園のお遊戯にしか見えないだろうね」

行成は本当に嫌そうな顔をして、僕を見た。

「そんな大げさなことまでして、こっそり確かめたい〈ある証拠〉って何だ。そしてそれはどこにあるんだ」

「うーん」

どうしたもんだろうか。

そんな簡単に教えられないいんだけど。

「簡単には話せないってのはわかる」

行成が言う。

「きっととんでもない秘密なんだろ？　お前は墓場まで持っていくって決めているようなことなんだろう」

そこまで思ってはいないけれども、当たらずとも遠からずなので頷いておいた。

「しかしな、巡」

「うん」

「こうしてあおいちゃんはお前を見張っている警察官みたいな男を見つけてしまった。しかもお前は明らかにヤバい手口で家捜しされてる。その柳っていう同期の男が純粋に仕事で動いているとしてもだぞ？　俺はドラマとかに毒されてるからそう思ってしまうんだが、このまま放っておいたら、あおいちゃんにまでその警察の中の闇の魔の手が伸びたりしちゃうんじゃないか？」

「闇の魔の手って」

一応、警察なんだけどね。

「絶対にあおいちゃんに火の粉は降りかからないって約束できるか？」

本当に真剣な顔をして行成は言う。

それが、心底僕やあおいちゃんのことを心配しているんだっていうのは、わかる。

「約束したいけど、正直なところ柳が何を考えているのか、どうしてこんなふうに動いているのかがさっぱりわからないので、約束はできないね」

たとえば柳が何らかの任務で動いているのだとしたら、あおいちゃんのような何の関係もない一般人を傷つけたり関わらせたりするはずがない。どんなに警察の中に闇のような部分があるとしても、そんなことは基本的にはしない。

けれども、あおいちゃんが〈僕の彼女〉だと知ったのなら、いや、もう知っている可能性の方がかなり高いけれど、それなら話は別だ。

つまり、あおいちゃんを使って何らかの良い結果が得られるのなら、遠慮なくこの件に関わらせるだろう。

「だろう？」

行成が勢い込んで言う。

「じゃあ、何もかも話せ。話してくれ。そうすれば俺にだってできることがあるかもしれない。俺だけじゃない。あおいちゃんにもだ」

「でも誤解しないでおいてくれ。柳は、柳勇次《ゆうじ》は基本的には悪い奴じゃないんだ」

「警察官になるような男が基本的に悪い奴だったら困るぜ」

だよね。

「もしも、柳が僕の持っている〈ある証拠〉を探していて、それを見つけようとしているのなら、確かにあおいちゃんやお前のところにまであいつはそっと忍び寄っていく可能性はある。忍び寄ったのがお前のところなら、たぶん何にも気づかれないで、もちろん証拠を見つけることもできないで、問題もなくあいつは離れていくだろうけど」

行成が顔を顰めた。

「あおいちゃんは無理だろう。気づくぞ」

「気づくね」

顔はもう知っているんだし。

何よりも、そんなことをしようとする人間の〈気配〉を彼女は感じてしまう。わかってしまう。

「わかってしまったら、もしそれが柳が違法行為の最中に、つまり家捜ししているところにでくわしてしまったら、彼女の身に危険が及ばないとは断言できない」

「だろう？」

大きく頷いた。柳の行為が発覚してはまずいはずだ。単純に今ここで僕がこの家の中で柳が家捜しした証拠を発見し、公表したら、それだけで大騒ぎになる。

「まぁその場合でも消されるのは僕だろうけど」

「消されるって！」

「言葉の綾《あや》だよ。実際に殺されるわけじゃない。どうあがいたっていろんな観点で分《ぶ》が悪いのは僕の方だって話だよ」

「お前で分が悪いのなら、あおいちゃんなんか」

「もっと悪いね。ひょっとしたら全部洗いざらい調べられて、彼女の特殊技能である掏摸の証拠を捏造《ねつぞう》されて、家族一同で当分の間、拘束されてしまうかもしれない」

「そこまでやるか」

　驚く行成に、溜息が出てしまった。

「今のは、かなりおとなしく表現をした」

　ものすごく嫌そうな顔を行成はする。

「つまり、お前の持っている〈ある証拠〉ってのは、何の罪もない一般人をこの世から消すことに何の躊躇《ためら》いも持たないほどに〈とんでもないもの〉ってことなんだな？　だから、教えられないと」

「そういうこと。でもね、行成」

「何だ」

「柳がその〈ある証拠〉を手に入れたとしても、個人的にも監察としても何のメリットもないんだよ」

「メリットがない？」

そう。まったくない。

「その〈ある証拠〉っていうのは確かに〈犯罪の証拠〉だ。それは間違いない。ただし、監察がその〈ある証拠〉を得たとしても何にもできないんだ。使えない」

「使えないってのは、あれか。警察内部の問題だからか」

どうして行成はこんなに鋭いんだろう。

「はっきりとは言えないけど、とにかく表立っては使えない。だからそもそも手に入れようとする必要もないんだ。絶対に表には出ないってわかっているんだから。それなのに探しているっていうのは」

「その〈ある証拠〉そのものを、この世から消そうとしているってことだろ？　ひょっとしたら向こうは証拠そのものがあるかどうかもわかっていないんじゃないのか？　でも、お前が持っているという噂がある。だから一人でやっているんだきっと。見つからなくてもいいけれど、見つかったのなら速やかにそれを消すんだ。そしてそもそもそれが〈ある証拠〉だってことを確認するためにはお前に訊くしかない。確認するしかない。だから、お前と同期の柳くんが使われているってことじゃないのかひょっとしたら」

感心して、頷くしかなかった。

実家がお寺じゃなかったら、きっと行成は全然違う仕事をしていたと思う。それこそ警察とか。

「もしもこの件で警察を辞めることになったら、一緒に探偵事務所をやった方がいいかもしれないね」

「今、俺もそう思ってるよ。お前と一緒に組んだらどんな事件でも解決できるんじゃないかって気になってきた」

「確かにね」

行成は僕よりも想像力があるかもしれない。犯罪捜査において想像力っていうのは本当に必要になるんだ。

「そのために柳が使われているっていうのは、確かに納得できるね。そこは思ってなかった。単に若手だからか、あるいは柳のスタンドプレイかなって」

「なんだスタンドプレイって」

「個人的にその〈ある証拠〉を手に入れて、出世か何かのネタに使おうとしているのかなって思った」

「マジか」

行成が眼を丸くした。

「そういう男なのか」

「たぶん、そういう男だね。さっき悪い男じゃないと言ったけれど、それは本当だけど清《せい》廉潔白《れんけつぱく》な男でもないよ。上昇志向の強い男だよ」

「公務員で上昇志向の強い奴なんざろくな人間じゃないだろう。将来は汚職で捕まるか汚職がばれずにトップに立つかのどっちかなんじゃないか」

「公務員としてはコメントしづらいけれど」

まぁ言いたいことはわかる。

行成が、唇を歪めながら腕を組んだ。

「スタンドプレイもあり得るのか」

「ない、とは言えない」

「お前の鋭いカンではどっちだ。誰かに命令されているのか、スタンドプレイなのか」

「そんなに鋭いカンは持ち合わせていないんだけど」

でも、久しぶりにデジカメのディスプレイ上で柳の顔を見たときに思った。

「何をだ？」

「嫌な顔はしていないなって。つまり」

「嫌々やらされている任務じゃないっていうことか」

「たぶんでしかないけど」

そんな気がする。

「きっと柳の胸の内には、この任務の必要性がしっかりとあるんだ。ということは、決して無茶をしない。きちんと遂行できるように慎重に慎重に進めているはず」

「その割にはすぐにバレたけどな」

　そこはしょうがない。

「まさか、あおいちゃんのような子がいるなんてことは誰も思わないよ」

　あおいちゃんと付き合ってよくわかったけれど、彼女の〈気配を読む〉っていう能力はもの凄く特別なものじゃないんだ。

　たとえば、耳が聞こえるとか、眼が見えるとか、場の空気を読むとかと、同じ類いのもの。

　あくまでも彼女にとっては、だけど。

　そして特別なものじゃないから、誰も彼女がその能力を駆使《くし》していることに気づかないでいる。

「浮気できないよな」

　それは前から行成がジョークで言っていたけど。

「それはまた別の話だよ」

「そういうもんか」

　そういうものだと思う。

「人間って都合のいい動物でさ。これは見えなくてもいいんだ、と脳が認識してしまったときには、たとえそのものが視界に入っていても、何も見えていないのと同じになってしまうものだよ。その理屈はわかるよね」

「わかるな。人間の眼ってのは単なるレンズで、見えているいないを判断するのは脳だってな。だから眼に入っているのに見えてないと脳が判断することもある」

そういうこと。

「あおいちゃんの気配を読む能力も、それと同じだよ。常に気配は読めるんだけど、読まなくてもいいと脳が判断しているときにはまるでわからない。あの能力は必要なときに然《しか》るべき場所で発揮される。だから絶対的な信用を置けるんだ」

うん、って行成が頷く。

「まぁ理解できる。ちょっと話がズレたが、結局のところお前は〈ある証拠〉については何も言えない」

「そうだね。現段階では」

「けれども、同期の柳くんがこれ以上深く接触してくるのはかなりマズイと認識しているから、何とかしなきゃならないと思ってる」

その通りだ。

何とかしなきゃならない。

「間違いないね。対策を講じなきゃならないと思う」

「その柳くんにはお前から連絡取れないのか。もし取れたらあっという間に解決じゃないのか」

「それが」

そうもいかない。

「さっきも言ったように、あいつが今どこにいるのか僕には全然わからないんだ。連絡の取りようがない。しかも」

「何とか連絡を取ろうとしたり、捜そうとしたら、藪蛇《やぶへび》でどうにかなっちまう可能性の方が高いってか」

「そういうことになるね」

今、どう考えても柳とこっそり連絡を付ける方法が思い浮かばない。

「じゃあ、柳くんがもう一度現れるのを待つしかないってか」

行成がデジカメを持ち上げる。

あおいちゃんに〈気配〉を読まれて撮影されてしまった柳。まさか写真を撮られたなんて思っていないだろうな。もしも撮られたと気づいたのなら、確実にこのデジカメを回収しに来ているはずだ。

本当に凄いなあおいちゃんは。

「仮にまた現れても、僕に発見されるようなヘマはしないよね。実際、あおいちゃんだからこうやって見つけられて撮影されたんだから」

「だよな」

どうする？　って行成が顔を顰める。

「ひとつだけはっきりしてるのは、僕と柳が顔を合わせて話ができれば、それで何とか終わらせることができると思うんだけどね」

でも、それがいちばん難しいってことなんだ。

二人で溜息をついたときに、行成のiPhoneが鳴った。

「公太だ」

ディスプレイに〈市川公太〉の文字。

公太か。

「おう、どうした」

行成が電話に出る。

「うん。巡のところにいるぞ。いや、ちょいとばかり、男同士の真剣な話をしている最中だ。うん、え？」

行成が眼を丸くしながら僕を見た。

驚いている。

「マジか！」

何だ。

何があった。行成は右の手のひらを広げて、待て、という仕草をする。待て、ってことは事件とか犯罪じゃないってことだな。

でも、プライベートでそんなに驚くって何だろう。

「浜本晋一郎さん？　おいちょっと待て」

浜本晋一郎さん？

その人は、元警察官のあの人の名前。じいちゃんには世話になったって、この間、交番に会いに来てくれた人じゃないか。

「知ってるって！　元は交番にいた警察官だろ？　俺は〈東楽観寺〉の副住職だぞ。〈東楽観寺前交番〉に勤務した人のことなら全部把握しなきゃならない立場の人間だ」

知ってるのか行成。

っていうことは、浜本晋一郎さんもここに勤務したことがあるのか。それは聞いていなかったけど。

いや、どうして公太がその人のことを知っているんだ。

「うん、うん、いや待て待て公太。何でそんなに話がとっ散らかっているんだ。どうしてお前がそれを知ってるんだ。うん。うん。浜本さんが？　さくらさんともか？　うん、うん」

行成の顔がこれ以上ないってぐらいに真剣なものになっている。いったい何の話になっているのか。

「わかった。ちょっと待て」

iPhoneをずらして僕を見る。

「巡。今度の非番か休みはいつだ」

「明日休みだよ」

休日だ。何かとんでもない事件でも起こらない限り、朝から夜まで自由だ。

「ひょっとしてあおいちゃんと会うのか？」

「その予定だったけど」

「公太。ナイスタイミングだ。明日は巡は休みだ。もちろんあおいちゃんとデートする約束をしている。あおいちゃんはまだ知らないんだな？　あぁもちろん杏菜ちゃんも。じゃあ、詳細は浜本さんと、さくらさんでやってくれるんだな？　どっちにしろ皆が集まるんだろ？」

皆が集まる？

「わかった。じゃあ、頼む。時間を教えてくれ。電話を待ってるから」

iPhoneを切った。

行成が、首を捻った後に、何かに納得するように頷いてから少し笑った。

「とりあえずだな」

「うん」

「あの化け物とドローンの関係は、明日はっきりするみたいだ。事件性はまったくない。むしろいい話らしい」

「え？」

いい話？

いい話なのか？

十八　天野さくら　金貸し

まぁ、人と会って話すのは嫌いじゃないけれどね。

どんな人間だろうと、長い間生きてきて自分の暮らしってものをしてきたのなら、それはそいつの人生ってことになる。

どうしようもないろくでなしだろうと、暮らしがあったのならばそこにはろくでなしなりの理も分もあるってものさ。そうじゃなきゃ弱肉強食のこの世界で生き残ってこられるはずがないからね。

金を貸すときに、そいつの話を、今までどんなことをやってきて今こうして金を借りに来ているのかをじっくり聞くっていうのも楽しみのひとつではあるのさ。まぁ楽しくない話が多いんだけどね。

でも、どんな人生にも芽吹くときはあった。蕾《つぼみ》が大きく膨らむときも、そのまま落ちてしまったり花開いたり、開いても誰かに落とされたり。

いろいろだろうけれども、そういう話を聞けるのは楽しいものさ。金を貸してずっとその後に返しに来たときに笑顔になっていれば尚更《なおさら》さね。

結局、あたしたちみたいな商売をやっている連中ってのは、人間ってもんが好きなんだろうね。

そうはっきりとは口に出したりしないし、そう思いながら商売をやっているわけじゃないけどね。人の人生ってものを、人間ってものを好きじゃなきゃあ、その人の人生を金で何とかしてやろうなんて思わないだろうさ。自分の金だけが愛しいなら貸すはずもないさ。貯め込んでおくだけおいといてパッと使っちまうよ。

そういうことだね。

人が好きなんだよ。結局はね。

だからといって、朝っぱらからこの狭い我が家にぞろぞろと人が集まってくるってのは、そんなに好きじゃあないんだけどね。

むしろ、遠慮したい事態だよね。

あたしはもう半分以上隠遁《いんとん》の身だよ。いつぽっくり逝くかわからない年の老女だよ。そんな老女のところにこんなにもたくさんで押し掛けられてもねぇ。

「すみません。大勢で押し掛けて」

「とんだことになってしまいまして、申し訳ないです」

宇田のお巡りさんと浜本さんが言うけど、本当だよね。

「まぁ、しょうがないさ」

「コーヒーとお茶、淹れるね」

あおいと、杏菜ちゃんだったかい。

「あぁ、頼むね」

浜本さんに、あおいと宇田のお巡りさんに災難が降りかからないように調べてほしいと言ったのはあたしだからね。

だから、元警察官である浜本晋一郎さんと、あおいと、宇田のお巡りさんが来たのはいい。

一緒に〈東楽観寺〉の副住職さんとあおいの友達の女の子が来たのも、いい。

　宇田のお巡りさんと副住職さんはセットみたいなものだからね。一緒に来るのはしょうがない。この四人は見ているだけでこっちが楽しくなるような見目も雰囲気もいいカップルだからね。まぁいいさ。

　まだ宇田のお巡りさんはあたしや浜本さんが動いていたことはまったく知らないだろうから、ここできっちり説明して、今後どうしたらいいかを相談できればいいさ。そういう意味ではこの集まりはいい。

　まったくの予想外は、こちらの連中だね。

「鈴木勝也くんに、池田啓吾くんね」

　若者二人がこっくりと頷いたよ。こんなばあちゃんにもはっきりわかるようにってことだろうね。随分と大げさに頷いた。

「カツヤと、ケイ、って呼ばれています。浜本さんところに、お世話になっています。あと、市川さんにも」

　この二人が、浜本さんが部屋に居候させている若造たちというわけだ。

　なるほど確かにちょいと悪そうな奴らだけど、根っこのところは腐ってはいないね。可愛い奴らじゃないか。

　この二人が実は市川公太の弟の、ミュージシャンの泰造のビデオを作っていたんだってね。

「僕がコンピュータをいじって、こいつがカメラをドローン使って。あ、ドローンっていうのは」

　手をひらひらさせてやった。それぐらいは説明されなくてもわかるよ。

「世情に通じた婆さんなんでね。大抵のことは知っているよ。ねぇ公太。そうだろ？」

「そうっすね。天野さん、知らないことはほとんどないすよね」

　あんたは今までさんざんバカをやってきたけれど、そのほとんど全部のことは理解して金を貸してやっていたよね。

　それで、市川兄弟も一緒にここにいる、と。

　どうしてここにいるかっていうと。

「公太を驚かせた〈化け物〉の話ってことかい」

「そうなんだよ」

　公太が頷くけど、そこんところはあたしには直接関係ない。

「噂話には聞いたけれど、さして噂が大きくもならなかったしね」

「確かに」

　宇田のお巡りさんも頷いた。

「そもそも裏側、つまり犯罪めいた側には、そのドローンみたいな〈化け物〉の話は何にも流れてこなかったしね。だから、あたしにはまったく関係ないものと思っていたんだよ」

「いや、実際関係ないんすよね」

公太が言う。

考えてみれば、浜本さんを除けば、この中でいちばん付き合いが長いのはこの男だね。市川公太。

人はやり直せるっていうのを身をもって示した男だね。

長いこと裏の世界を見てきたあたしが驚くほどに人相が変わったよこの男は。自分の力だけで、もちろんきっかけは周りの人間が作ってくれたんだろうけど、自分の人生をいい方に変えた男だよね。

見誤っていたね。大した男だよ。

「天野さんにはまるっきり関係ない話なんですけどね。とりあえず浜本さんにこの二人はお世話になっていて、そして俺は泰造のビデオ作りでこいつらに世話になっていて、ものすごく才能あるんですよこの二人。何だったらこれから先はこの二人も一緒に俺らの事務所に入ってもらってやっていきたいって思っているんすよね」

「そうかい」

それは、いい話じゃないか。

「で、まぁ浜本さんが元警察官ってことで何だかいろいろ動いていて、そして巡の彼女であるあおいちゃんがそれに絡んでいて、さらに天野さんも絡んでいるってことを俺はついこの間知ってね。何で俺一人をのけ者にしてるんだって思ったんですよ」

「いや、のけ者にしたわけじゃなくて」

副住職さんが言ったのを、わかってる、って公太が笑ったね。

「冗談だ。要するにですね天野さん。いろいろややこしいことが全部ひとつに繋がって、いっぺんに話ができるんじゃないかってことを俺が思いついてね。そして、そのためにはまずは何の関係もない、いや最後にきっと関係はしてくるんすけど、〈化け物ドローン〉の話から片づけていかないと通じなくなってくるんすよ。いいすかね？　そんな感じで話を続けて」

あおいと杏菜ちゃんが皆にコーヒーやお茶を配り出したね。茶菓子は茶簞笥《ちゃだんす》にいろいろあるし、杏菜ちゃんが作ったっていうチーズケーキも冷蔵庫にあるから、それぞれ好きに食べておくれ。

「いいも何も、そこから話を始めないと通じないんなら、任せるから好きにやっておくれ。この中でそういう怪しい話でいちばん弁が立つのはあんたじゃないかい」

「いや仰《おお》せの通りで」

公太がニヤリと笑う。

今でも小悪党の顔がいちばん似合うってのは、あんたはおもしろいね。将来は弁護士さんを目指すって言ってるけど、良い弁護士さんになると思うよ。

「結論から言うとですね。俺を含めて何人かの一般市民を驚かせた〈化け物〉のような〈ドローン〉はですね。なんとこのケイとカツヤが自分で作って飛ばしていたんだってことなんですよ」

ほう。

そんなことを。

「でも、悪いことはしていないいんだったね？」

訊いたら、公太が頷いて、若者二人も揃って頷いたよ。ケイとカツヤだったね。

「悪いことはしてないっすよ。っていうか、この二人は単なるミスをしたんすよ」

「ミス？」

宇田さんだね。そうだよ。あたしに向かって話すよりそっちに向かって話した方がいいだろうよ。

「そう。ミスだよ巡。ミスして、結果として俺や他の人を驚かせちまって、騒ぎになりかけたってことさ」

「失敗かい」

「失敗です」

失敗したってことは。

「成功したときの絵図ってものがあるんだろう？　その二人には」

「ありますね」

公太が頷いたし、ケイとカツヤも顔を見合わせて頷いた。

「それを先に言っておくれよ。そうすりゃ話が早い。浜本さんが可愛がっていて、あんたたち兄弟が頼りにしている才能ある若い二人は、その頭の中にどんな絵を、何を描いていたんだい」

公太が、うん、と頷いた。

「この二人はですね。とんでもなく静かで、とんでもなく強力で、とんでもなく頭の良いドローンを作り上げる技術を持っているんすよ。そしてですね。そのドローンを使って、〈飯島団地〉に住む一人暮らしの老人や、動けない人や、貧しい人たちのための〈ドローン配送サービス〉を考えていたんですよ」

ドローン配送サービス。

なるほど。それが絵図かい。

「単純に言ってしまうと、完璧にプログラミングされたドローンを使って、指定のお買い物をスーパーからそのお宅までドローンが自分で運んでくれるんすよ」

「ほう」

それはいいね。

あたしも買い物に出るのが辛いときもあるからね。

「それだけじゃなくて、階段しかないあの〈飯島団地〉の上下におじいちゃんおばあちゃんをドローンで運ぶことも考えていたしその実証実験もやっていた。つまり、〈ドローン〉という最先端の技術を使って〈飯島団地〉を〈お年寄りや弱者が安全に優しく暮らせる町〉にしたいって考えていたんすよね。いや、今ももちろん考えているんすけど」

宇田のお巡りさんが、大きく頷いたね。

「それで、今までのこと、全部話が通じる」

「だろう?」

公太が言って、副住職さんも頷いたね。どうやらこの三人はずっとその件を追いかけていたんだね。

「駅から団地に向かうルートの線上で目撃されたのも、駅から自宅まで自動的に荷物を運んでくれるシステムも考えていたからか」

「そうです」

ケイが大きく頷いたね。

「目撃されたドローンが白い化け物に見えたりしたのは、何かのカモフラージュかなんかなの?」

「それもあるんですけど、実は雨が降ったときに荷物や乗員を濡らさないようにする専用のビニールカッパです。自動的に出てきて収納される」

「俺が見た赤い血みたいなのは単なるライトだったってさ。その白いカッパが出てくると化け物みてぇな感じになるんだ」

「そういうことか」

「そういうことさ。とにかく、このドローンさえあれば、いやまぁ事前のプログラミングはもちろん必要なんだけどさ。極端な話っていうか、実現可能な案だけどな？」

「うん」

副住職さんが身を乗り出したね。浜本さんも驚いているから、全然知らなかったんだろうね。

「〈スーパーいちかわ〉からプログラミングされたドローンが何十機も飛び出していって、〈飯島団地〉のお年寄りの各家庭に、ご注文の品々をベランダから届けるってことが可能になるわけだ」

「それは、凄いな」

浜本さんが思わず訊いてしまったね。

「本当にそんなことが可能なのか？」

「今の段階でも、一件だけなら可能だよ。ドローンが一機しかないからだけど」

カツヤが言ったね。さっきからケイは頷くだけで一言も喋っていないけど、技術専門って感じかね。

「そしてまだドローンに人を乗せることに法的な問題があるんだけど、それさえクリアできれば、あとはお金があれば、安全に人を乗せて四階から一階までお年寄りを降ろすこともできるよ。俺らの技術的にはね」

「随分と楽になるじゃないか。古い団地にエレベーターなんか造れないからね」

「そうなんすよ！」

「その実証実験をやっていて、ＵＦＯとか宇宙人が部屋に入ったとかっていう噂が流れたんだね」

宇田のお巡りさんが本当に納得してるから、これはこれで済む話なんだろう。

なるほどね。

良い未来の絵が見える話じゃないか。

十九　楢島あおい　マンガ家

マンガを描く。

もちろん私はマンガ家なんだから、マンガを描くのはお仕事。でも、何ていうのかな、仕事っていう感覚とはちょっと違うと思うんだ。

デビューはしたけれど、他のマンガ家さんとはまだあんまり会ったことがない。パーティでものすごい大物のマンガ家さんにご挨拶したことはあるし、同年代のマンガ家さんともお話ししたことはあるけれど、友達ってところまではまだ仲良くなっていない。会う時間もなかったしね。

だから、それが普通の感覚かどうかはわかんないけど。

でも、きっとマンガ家さんとか小説家さんとか、あるいは画家さんとか、ミュージシャンとか、自分の好きなことをやっている創作関係の人は同じような感覚を持っているんじゃないかなって思う。

仕事じゃない。

好きでやってることに、お金を貰えるようになっただけ。

それを仕事って言うのなら、確かに仕事なんだけど。

そしてそれを言ったなら、巡さんもお巡りさんの仕事は、好きでやっているって。だからそういう意味では私の感覚と同じように、仕事って思っていないかもしれないって。生きているうちは、身体と頭が動くうちは、ずっとそれをやっていきたい。私も巡さんもそれは同じ考え方だった。

連載のマンガは、今、描き溜めている。

再来月からの本誌での連載スタートはもう決まっていて、初回から五回目までの原稿はもうオッケーを貰っているんだ。そして五回目までにそれぞれのキャラクターの紹介や最初の出来事は終わってしまう。

六回目からは新展開になるんだけど、その新展開のアイデアを貰ったので、それを生かしてネームを描いた。

びっくりするぐらいにネームがすらすら描けて、そして七回目、八回目のネームも描いてしまった。最後まで描こうと思ったけどそうするとざっと考えても十二回目ぐらいになりそうだったから、ここから先はちょっと担当さんのオッケーを貰ってからにしようって思ってそこまでにして見てもらった。

ネームを見てもらう時間は、今でも本当にドキドキする。おもしろいって言ってもらえるだろうか、全ボツにならないだろうかって。

担当さんが、すっごくびっくりしていた。

「すっごいハードな展開になりますね！」

「そうなんです！　ここで主人公の過去に戻っておいて、ハードな警察小説を地で行く感じでやってしまった方が、この後の展開もしやすいと思うんですけど！」

「いいです！　おもしろいです！　まさか過去にこんな大事があったなんてスゴイです。

これがあるからこそ、今の展開が生きてきますよ！　これ、もちろん最後までネームは頭の中にあるんですよね？」

「あります！」

説明した。

最後のオチまで。

私が連載するのは、お巡りさんが主人公のマンガ『コーバン！』なんだ。

そう、交番に勤務するお巡りさん。

巡さんが、モデル。

二十　宇田巡　巡査

〈東楽観寺〉の境内。

僕の休みの日の早朝、午前六時ぐらいに待ってるからって伝えてもらった。

その時間の境内にはもちろん誰もいないし、いたとしても早朝の散歩をしているんだろうとしか思えないからって。何だったら普段着で来た方がいいかもしれないとも。

柳が今どこでどうしているかを僕が調べるわけにはいかなかったんだけど、浜本さんを通じて伝言をしてもらうことができた。

浜本さんにご迷惑を掛けることになるんじゃないかと思ったけど、もうこんな年齢なんだから今さら何が起ころうとまったく気にしなくていい、と浜本さんは笑っていた。じいちゃんへの、宇田源一郎巡査部長へのせめてもの恩返しだと。

それに、何も起こらないようにするから心配しなくていいよ、と、天野さくらさんが約束してくれた。ご年配の、人生の大先輩であるお二人に迷惑を掛けるのは申し訳なかったんだけど、ご厚意に甘えることにした。

自分が本当にまだまだひよっこなんだと苦笑いしか出なかったけど。

「久しぶり」

境内の真ん中辺りに静かに現れて目の前に立った柳にそう言うと、こくり、と頷いた。

全然変わってなかった。

普段着でもいいって言ったのにスーツを着ていた。でも、大したものだった。まったく警察関係者には見えない雰囲気だった。早めに出勤したどこかの一般職のサラリーマンにしか見えなかった。

「少し痩せたんじゃないのか？」

「お前は太ったんじゃないのか。幸せ太りか」

　少し皮肉めいた言い方も変わっていないか。

「彼女、可愛いな。高校出たばっかりってのは反則だぞお前」

　うん、それは自分でもちょっと驚いている。

「まさか僕がって思うだろう？」

「思うよ。お前はどっちかっていうと女嫌いな方だったからな」

「柳は、彼女はできたか？」

「あたりまえだろう」

　肩を竦《すく》めて見せる。

「お前と違って俺は表向きには波風立てることなく、至極平凡に見えるように人生を送っていくんだ。彼女は二つ下の普通のＯＬだ。三十で結婚するつもりだ」

「そうか」

　柳が、息を軽く吐いた。

「とは言っても、お前に見張っていることがバレちまったのは失態だったけどな。まさかＯＢから手蔓《てづる》を頼ってくるとはびっくりだよ」

「どこから連絡が来たんだ？」

　僕は浜本さんやさくらさんがどんな手蔓を辿《たど》ったのかはまったくわからない。柳は唇を曲げた。

「言えるか。まぁとりあえず俺のところにもお前のところにも波風は立っていないから安心しろ。ここに来たのも、早朝の散歩と同じだ」

「そうか」

それなら良かった。

「単刀直入に行くぞ」

「いいよ」

柳が顎《あご》で後ろの庵を示した。

「どこに隠したんだ？　お前の部屋を徹底的に捜索したが、それらしいものは何も見つからなかった」

「僕だってバカじゃないからね。すぐにわかるようなところには隠さないよ。そもそも自分の手元になんか置かない」

「手元に置かない？」

「そうだよ」

「俺みたいな人間が探しに来るかもしれないって想定していたのか」

もちろん、って頷いておいた。

「誰かが探しに来たところで僕の手元には、あの部屋にはどこにもないんだから見つけようもない。探そうにも手掛かりひとつない。っていうことは、そんなものはないんだって結論になる。そうするしかない」

「そういうふうに仕向けておいたってことか」

「そういうこと。柳もさっさとそう思ってくれればいいものを、随分しつこいよね。どうしたんだ？」

　柳が何だかものすごく辛そうに溜息をついたけどきっとわざとだ。

「俺は、それを見つけないことには、通常の業務に戻れないんだよ」

「命令だったのか」

　それは意外だった。

「誰の命令だったのかはお前には言えん。けれども、俺自身が結論を出して何らかの形で報告しなきゃならないことだけは確かだ。そして俺はいつまでもこんなことをしてられないんだ」

「さっさと通常の業務に戻って出世のために働かなきゃならない、かい？」

「その通り。よくわかってんじゃないか俺のことを。さぁ、教えてくれ。お前は何をその手の内にしていて、それはどこにあるんだ？」

　本当は誰にも教える気はなかったんだけど、こうなってしまってはしょうがない。

「メモも録音もなしだよ」

「わかってる」

柳がスーツの上着を広げた。

「何も隠していない。そこは、同期のお前を裏切ったりしない」

そこは信用する。

「久保一誠警視正の行ってきた癒着の証拠だよ」

柳が右の眼を細めた。

「久保警視正は指定暴力団〈祥伝組《しょうでん》〉と繋がり殺傷能力の強い武器や覚醒剤の密輸・売買を見逃すかわりに、違法賭博《とばく》の上がりを自分の口座にプールさせている。そのプールされた金はあるNGOや企業を通じてきれいにされて、繋がっている議員の手元へと回っていく。そういうシステムを久保警視正は完全に構築したんだ。今現在警視正の裏の資産は何億円にも膨れ上がっていると思うよ」

柳の顔が、歪んだ。

「どうせそんなこったろうと思っていたけどな」

「うん」

よくある話だ。よくある話だけれど、滅多に表に出てこない話だ。何故なら表に出た段階で国家の中枢が崩れるからだ。

「お前、どうやってその証拠を押さえたんだ？」

柳が首を捻った。

「どう頑張っても通常の業務をこなしながらそんな大掛かりなものを、たった一人で調べ上げられるはずがないだろう。検察が一チーム、いや全てのチームを突っ込んだってとんでもなく難しい案件だ」

　その通りだと思う。

「じいちゃんだよ」

「じいちゃん？」

　そう。

　宇田源一郎。

「僕の祖父である宇田源一郎が警察官だったのは知っているよね？」

　柳が頷いた。

「以前に聞いたな」

「じいちゃんは、久保警視正がまだ新人で、研修で現場に出ている頃に同じところにいたんだよ。そして、ある小さな事件で久保警視正が幼馴染みとでくわしたのを覚えていたんだ」

「幼馴染み？」

「名前は、菊田《きくた》和正《かずまさ》。今は〈祥伝組〉のトップだよね」

「マジか」

さすがに驚いたらしく、眼を丸くした。

「マジなんだよ。それからじいちゃんはずっと彼ら二人のことを忘れなかった。本人も言っていたけどでくわしたときの二人の様子に余程心に残ったものがあったんだね。後からわかったことだけど二人には特別な絆があったんだね。じいちゃんが折に触れて彼らのことを調べてみると、繋がりが切れずにずっと続いていることが確認できた。でも、それがただの友人関係なら、じいちゃんも見逃していた。いくら警察官とヤクザといっても純粋な友人関係は成り立つだろうから。成り立つと信じたいタイプの男だったからね、じいちゃんは」

「しかし、そうじゃなかった、か」

そういうこと。

「そこで、じいちゃんはそれまでの警察官人生でコツコツとじっくり築いていった人脈をその一点に絞り込んで再構築していったんだ。久保と菊田。二人の関係と行動を確実に把握して記録できるように。それこそ久保警視正が菊田と二人で不正なシステムを築いていったのと同じようにね。まるで歩みを同じくするみたいに」

「つまり？」

「二人を監視し続けたんだよ。警察を引退してからもね。久保警視正の周囲に自分の信用できる人間を置いた。菊田の周りのチンピラを自分の仲間にした。久保警視正や菊田の家に出入りする配送業者や電気、ガス、水道の検針をする会社や灯油を配達する人間やホームレスの人たちなどなど、ありとあらゆる手段とコネを使ってじいちゃんのために二人の行動を記録して監視する仲間を増やし続けた。最終的には二十人ぐらいのチームになった。で、そこで集めた情報を、後に警察官になった僕に託したんだ」

だから僕は、久保警視正の癒着の証拠をきちんと形にすることができた。

「録音、録画、金の流れが記された書類、そういうものが全部揃っている。もちろん、それらを集めた人たちのことは公にできないし、もう亡くなっている人も多いしチームは解散している。けれど、これだけ揃っていればただの事件だったら百回逮捕したってお釣《つ》りが来るぐらいのものが、はっきりと形になっている」

柳が、今度こそ真剣に本気で溜息をついた。

「お釣りどころか、下手したら今の内閣が総辞職するぐらいまでいくんじゃないのか」

「公安が有能で、どこからも横槍も入らず忖度《そんたく》もないなら、内閣は総辞職に追い込まれて、国会議員の半分は捕まるんじゃないかな」

そういう証拠が、ある。

「USBか何かか。そういう記録媒体を部屋ではないどこかに隠しているのか」

「その通り」

USBに入っている。

「紙の状態にもして別々の場所に置いてあるんだろう」

「ご明察」

デジタルデータほど信用できないものはない。何せ一発で消えてしまう可能性があるんだから。紙なら、少なくとも火事に遭わない限りは消えない。

「どこだ。教えろ。どうせ表に出せないんだろう。俺が処分してやる。処分した後にじいさんの墓参りをしてしっかり謝っておく」

「じいちゃんはまだ生きているよ。施設でね。認知症が進んでもう僕のこともわからなくなっているけれど」

「じゃあ、果物でもお土産に買って、死ぬまでの話し相手になりに行くから。どこか教えろ」

そうだった。柳は確か家庭の事情で子供時代を祖父母の家で過ごしたんだった。今も、じいちゃんばあちゃんのことをすごく大事にしているって前に言ってたっけ。

指差した。

柳の後ろを。

柳が後ろを振り返って、それから僕に向き直って口を開けた。

「寺ってか」

そう。

〈東楽観寺〉だ。

「去年の年末に煤払いを手伝ったんだ。なかなか大変なんだよ、広いからね。一昨年の年末にも手伝ったんだけど、そのときに眼を付けておいたんだ。いい隠し場所を見つけてね。そこに、隠しておいた。誰もそこを探そうなんて、そこに手を付けようなんて思わないところにね」

「どこだ」

「ご本尊と台座の間」

柳の口がぽっかりと開いた。

「つまり、〈東楽観寺〉のご本尊のお尻の下にＵＳＢが挟んである。プリントアウトしたものは〈宇田家〉先祖代々の墓の中で、三年前からご先祖様の骨と一緒に眠っているよ」

柳が天を仰いだ。

その途端、何かに撃たれたように後ろに飛び退《すさ》った。

「宇田」

「うん」

「あれは、何だ」

柳が空を指差した。

「ドローンっていうものだよ」

そう。

ドローンだ。

撮影用の。

ケイとカツヤが寺の中で操っている。

「そんなことは知っている」

「全然気づかなかっただろう？　あのドローンは特別製なんだ。売り出したら全世界から注文が殺到するぐらいの高い静音性と操作性を兼ね備えている」

実際、向こうの道路を走り去る車のエンジン音と変わらないぐらいの音しかここからは聞こえない。

知っている僕はわかっていたけれど、柳はまったく気づいていなかった。

「どうしてあんなものが上にあるんだ」

「さっきからずっと僕たちのことを撮影しているから。ついでに言えば、向こうの車で待機している仲間の方も撮っているよ」

柳の顔が歪んだ。

「お前が素直に渡すはずがないとは思っていたけど、そんなことを。いつの間にそんな飛び道具を」

「人間は成長するものだよ柳」

全部録画している。

「言うまでもないけれど、あのドローンに備え付けてあるカメラは高性能だ。お前の顔のほくろの位置だってはっきりわかるぐらいにきれいに撮れているよ。もちろん、仲間の顔もね」

これは保険だ。

「証拠が僕の手にあることを、僕はさらけ出した。これで柳はしっかり報告できるよね。USBも紙の書類も持っていっていいよ。〈東楽観寺〉が許可を出したならね」

「許可なんか貰わなくたって忍び込める」

「そうだろうね。〈宇田家〉先祖代々の墓もどこにあるかは調べられるんだろう？　でも、あのドローンで撮影したものは渡さない。渡さないって言うか、もうクラウドに送られているからいくら柳たちでもどうしようもない。さらに言うと」

右手にずっと持っていたカバンを持ち上げた。

「ここに、あるものが入っている」

「そうなんだろう。俺はそこにきっと紙にプリントアウトしたものが入っているものだとばかり思っていたが」

「違うよ」

「違うんだろうな。何が入っているんだ」

　三歩近づいて、カバンを開けた。

「ちょっとカバンを持ってて」

　柳が素直にカバンを持つ。

　中から、紙を取り出した。

「僕の彼女のことを知っているね？」

　柳が頷いた。

「楢島あおい。もうすぐ十九歳」

「職業は？」

「新人のマンガ家」

　そう言って間髪を容《い》れずに柳が大声を出した。

「おい！　まさか！」

　そう。

「その、まさか」

　原稿を、柳の方に向けた。

「これは再来月から始める新人マンガ家〈楢島あおい〉さん期待の新連載『コーバン！』の原稿のコピーだよ。新連載の内容まではさすがに調べていないだろう？」

　柳の肩が落ちた。

カバンも下に落ちた。

「調べてない。今、そのタイトルを聞いて何もかもわかった」

「さすがに察しがいいね。『コーバン！』っていうのは交番のことだ。主人公は交番詰めの若いお巡りさんなんだ。彼女は、その若いお巡りさんが過去に巻き込まれた汚職事件のことを既にマンガに描いている。編集者のオッケーも出ている。その内容はもちろん「久保警視正の悪行三昧《ざんまい》を全部描いているんだろう」

「その通り」

きっと、〈東楽観寺〉の中で、モニターを前にして行成たちは笑っている。してやったりって顔で。

「これが世に出るのは誰にも止められない。そもそもが〈完全なるフィクション〉として描いているんだからね。出版社に言って差し止めようとしたって『え？　なんで？』って向こうがキョトンとするだろうね。どうしてただの少女マンガを警察が差し止めようとするんだって。そんな真似《まね》は警察にはできない」

「できるわけないだろう」

カバンを拾って、原稿のコピーをしまった。

「柳」

僕を見た。

「証拠は持っていけよ。そして報告しろ。何もかも。その結果、もしも僕の周りにいる人たちに」

あおいはもちろん、行成にも、浜本さんにも、さくらさんにも。

「何かがあったなら、僕は何もかもぶちまける。何にもなかったのなら、僕は一生口を閉じている。もちろん、あおいも、関わった人間全員がだ。このマンガはお前らの悪行を知っている人間がいるぞという証明だ」

「わかった」

柳が、両手を上げた。

「降参」

そう言って、顔を顰めた後に、笑った。

「そもそも俺はお前と敵対なんかしたくない。誰が好き好んで自分より何十倍もスゴイと思ってる奴と正面切って戦うかってんだ」

「買いかぶりだよ」

「報告はする。証拠は何もなかったって」

「いいのか？」

いい、って柳は頷いた。

「俺がお前と直に会って確認したと言えば納得する。そのために使われたんだ俺は」

「マンガはどうする?」

少し柳は考えた。

「単行本が出るのはいつだ?」

「半年以上先だね」

半年か、って繰り返した。

「じゃあ、ちょうどいい。そのまま出せ。俺も楽しみに読む」

「大丈夫なのか」

もちろん、って頷いた。

「その頃には俺は異動が決まってる。本庁だ。そこで〈完全なるフィクション〉であるお前が主人公の少女マンガをにやにやしながら読む」

二十一　楢島あおい　マンガ家

さくらさんにお礼をしなきゃ、って巡さんが言ったので、二人で会いに来た。さくらさんが好物だって言っていたおまんじゅうをたくさん買って。

「お礼なんてぇものはいいさ」

でも、そのおまんじゅうは嬉しいねって。

「どれ、じゃあ美味しいお茶を淹れようかね」

「あ、私が」

「いいよいいよ。二人で座ってなさい」

さくらさんの家に猫が増えたんだ。まるであの有名なアプリみたいに、来る度《たび》に庭に集まってくる猫の数は増えている。

「また猫、増えたよね」

「そうなのさ」

さくらさんが急須と湯呑み茶碗を持ってきて苦笑いした。

「タビをこの家に上げてからっていうもの、どんどんやってくる猫が増えているんだよね。どうしたもんかね」

「保護猫の活動をしている人たちがいますけど、連絡してみますか？」

巡さんが言ったら、さくらさんは首を横に振った。

「まだいいよ。見たところ、半野良の連中が多いみたいだからね。大方、このタビの顔が広かったんじゃないのかい」

「タビがここに来るから、皆が集まってくるのかな」

「そんな感じじゃないかい」

猫は好きだからいいさってさくらさんは笑った。

「ただし、あれだね。はい、お茶」

「あ、いただきます」

「おもたせだけど、まんじゅうも食べとくれ。こんなに一人じゃあ食べ切れないからね」

「いただきまーす」

もちろん、そのつもりで買ってきたから。

「あたしがコロッと逝っちまったり、あるいはどうにも動けなくなっちまったら、この連中の行き先を何とかしておくれよ。宇田のお巡りさんもよろしくね」

「わかりました」

巡さんも猫が好きだから大丈夫。私の家でもその気になれば二、三匹は何とかなる。

「それで、さくらさん」

巡さんが座布団を外して座ったので、私もそうした。

「はいよ」

「今回の件でいろいろとお骨折り頂き、ご面倒をお掛けしてしまって、申し訳ありませんでした」

頭を下げるので、もちろん私も一緒に頭を下げたら、さくらさんが可笑《おか》しそうに笑うのが聞こえてきた。

「よしとくれよ。まぁいいけどさ。あおいちゃんもさ」

「はい」

「あんた方、まだ夫婦でもないのにすっかり恋女房みたいな雰囲気じゃないか」

「あ、いやそんな」

照れる。思いっ切り顔が赤くなってしまった。

「嬉しいね。できればあたしが結婚式に出られるうちにやっとくれよ。もう決まったのかい?」

「いや、とんでもない」

巡さんが笑った。

「まだ彼女は二十歳《はたち》前ですし」

「年は関係ないさ。どうせあれだよ。人気のマンガ家になっちまったら修羅場続きでにっちもさっちもいかなくなるさ。さっさとしちまった方がいいよ」

「考えておきます」

そうなんだ。二人で話していないわけじゃないんだ。巡さんは、プロポーズじゃないけど、って言いながら真剣にそれは考えて交際するって言ってくれてるし、私もそのつもりなんだけど。

「それで、さくらさん」

「はいな。あのお友達のことだろう？　柳くんだっけ？」

「そうです」

安心おし、ってさくらさんは言った。

「あの件で柳くんの将来に傷がつかないようにって釘は刺しておいたよ。あたしの眼の黒いうちは大丈夫さ。そもそもね」

「はい」

さくらさんが、ニヤリって笑った。

「あんたの持ってるあの証拠ってやつが炸裂《さくれつ》しちまったら、あたしがよっく知ってるあいつのところにだって火の粉が飛んでくるんだろうさ。そりゃあもう必死で何とかするさ」

「あいつというのは、もちろん僕には」

「言えないよもちろん。ただ、宇田の源一郎さんは知っているけどね。源一郎さんはどうだい？　相変わらずかい」

巡さんが頷いた。

「この間も会いに行ってきましたけど、ときどきスイッチが入るみたいに普通になるんですが、それ以外は全然」

そうかい、ってさくらさんは少し哀しそうな顔をした。

「会いに行きたいんだけどねぇ。あたしが顔を出したらあの人は昔を思い出して、しゃきっとするかもねぇ」

「仲良しだったんですよね⁉」

言ったら、笑った。

「仲良しじゃないけどねぇ。宇田の源一郎さんは怒るだろうさ。『憎まれっ子世に憚る』ってのは本当だなってね」

それはないと思うな。巡さんのおじいさんのことを話すときのさくらさんは、本当に嬉しそうなんだもん。

「あおいちゃんさ」

「はい」

「あんたも、随分と余計なもんを背負っちまったけど、大丈夫かね心持ちは」

「大丈夫です」

それは、本当に。

「最近、何だかわかってきたんです」

「何をだい」

「先輩のマンガ家さんが言っていること。〈マンガ家は、生きること全てがネタ〉って。だから、私は巡さんと暮らしていく限り、ネタには困らないなって」

さくらさんが頷いた。

「まぁ、そもそもあんたたちは天才平場師とお巡りさんっていう危ない関係だからね」

「そうですそうです」

「いや、そこは納得しないように」

三人で笑ったら、猫ちゃんたちが何事かって顔で皆こっちを見てた。

（この作品『春は始まりのうた　マイ・ディア・ポリスマン』は
平成三十年十月、小社より単行本として刊行されたものです）

一〇〇字書評

切・り・取・り・線

購買動機（新聞、雑誌名を記入するか、あるいは○をつけてください）

□（　　　　　　　　）の広告を見て	
□（　　　　　　　　）の書評を見て	
□ 知人のすすめで	□ タイトルに惹かれて
□ カバーが良かったから	□ 内容が面白そうだから
□ 好きな作家だから	□ 好きな分野の本だから

・最近、最も感銘を受けた作品名をお書き下さい

・あなたのお好きな作家名をお書き下さい

・その他、ご要望がありましたらお書き下さい

住所	〒				
氏名		職業		年齢	
Eメール	※携帯には配信できません	新刊情報等のメール配信を 希望する・しない			

この本の感想を、編集部までお寄せいただけたらありがたく存じます。今後の企画の参考にさせていただきます。Eメールでも結構です。

いただいた「一〇〇字書評」は、新聞・雑誌等に紹介させていただくことがあります。その場合はお礼として特製図書カードを差し上げます。

前ページの原稿用紙に書評をお書きの上、切り取り、左記までお送り下さい。宛先の住所は不要です。

なお、ご記入いただいたお名前、ご住所等は、書評紹介の事前了解、謝礼のお届けのためだけに利用し、そのほかの目的のために利用することはありません。

〒一〇一-八七〇一
祥伝社文庫編集長　坂口芳和
電話　〇三（三二六五）二〇八〇

祥伝社ホームページの「ブックレビュー」からも、書き込めます。
www.shodensha.co.jp/bookreview

祥伝社文庫

春《はる》は始《はじ》まりのうた　マイ・ディア・ポリスマン

令和2年7月20日　初版第1刷発行

著　者　小路《しょうじ》　幸也《ゆきや》
発行者　辻　浩明
発行所　祥伝社《しょうでんしゃ》
東京都千代田区神田神保町3-3
〒101-8701
電話　03（3265）2081（販売部）
電話　03（3265）2080（編集部）
電話　03（3265）3622（業務部）
www.shodensha.co.jp
印刷所　堀内印刷
製本所　ナショナル製本
カバーフォーマットデザイン　芥 陽子

本書の無断複写は著作権法上での例外を除き禁じられています。また、代行業者など購入者以外の第三者による電子データ化及び電子書籍化は、たとえ個人や家庭内での利用でも著作権法違反です。
造本には十分注意しておりますが、万一、落丁・乱丁などの不良品がありましたら、「業務部」あてにお送り下さい。送料小社負担にてお取り替えいたします。ただし、古書店で購入されたものについてはお取り替え出来ません。

Printed in Japan ©2020, Yukiya Shoji ISBN978-4-396-34648-5 C0193

〈祥伝社文庫　今月の新刊〉

矢月秀作
壊人《かいじん》　D1警視庁暗殺部
著名な教育評論家の死の背後に、謎の組織が……。全員抹殺せよ！　暗殺部に特命が下る。

江上　剛
庶務行員　**多加賀主水**《たかがもんど》**の憤怒**《ふんぬ》**の鉄拳**
不正な保険契約、ヘイトデモ、中年ひきこもり……最強の雑用係は屈しない！

大倉崇裕
秋霧《しゅうむ》
殺し屋VS.元特殊部隊VS.権力者の私兵。紅く燃える八ヶ岳連峰三つ巴の死闘！

盛田隆二
焼け跡のハイヒール
戦争に翻弄されつつも、鮮やかに輝く青春があった。看護の道を志した少女の恋と一生。

小路幸也
春は始まりのうた
マイ・ディア・ポリスマン
犯罪者が〝判る〟お巡りさん×スゴ技をもつ美少女マンガ家が活躍の交番ミステリー第2弾！

南　英男
悪謀　強請屋《ゆすりや》稼業
殺人凶器は手斧、容疑者は悪徳刑事。一匹狼探偵の相棒が断崖絶壁に追い詰められた！

山田正紀
恍惚《こうこつ》**病棟**　新装版
死者から電話が!?　トリックを「知ってから」さらに深みを増す、驚愕の医療ミステリー。

沢里裕二
悪女刑事《デカ》**　東京崩壊**
新型コロナで静まり返った首都で不穏な事件が続出。スーパー女刑事が日本の危機を救う。

小杉健治
悲恋歌《ひれんか》　風烈廻り与力・青柳剣一郎
心の中にこそ、鬼は巣食う。剣一郎が、花嫁が消えた密室の謎に挑む！　愛され続け、50巻。